向爱而生

石钟山 著

天津出版传媒集团
百花文艺出版社

图书在版编目（CIP）数据

向爱而生 / 石钟山著. -- 天津 : 百花文艺出版社, 2019.12

ISBN 978-7-5306-7790-2

Ⅰ. ①向… Ⅱ. ①石… Ⅲ. ①长篇小说一中国一当代 Ⅳ. ①I247.5

中国版本图书馆CIP数据核字(2019)第250218号

向爱而生

XIANG'AI'ERSHENG

石钟山著

出 版 人:薛印胜

责任编辑:徐福伟　赵　芳　　**版式设计**:郭亚红

营销专员:李　彤　　**封面设计**:任　彦

出版发行:百花文艺出版社

地址:天津市和平区西康路35号　**邮编**:300051

电话传真:+86-22-23332651(发行部)

+86-22-23332656(总编室)

+86-22-23332478(邮购部)

主页:http://www.baihuawenyi.com

印刷:山东临沂新华印刷物流集团有限责任公司

开本:900×1300毫米　1/32

字数:130千字

印张:6.625

版次:2019年12月第1版

印次:2019年12月第1次印刷

定价:36.00元

如有印装质量问题,请与山东临沂新华印刷物流集团有限责任公司联系调换　电话:(0539)2925659　邮编:276017

地址:山东省临沂市高新技术产业开发区新华路1号

目　录

小说的境界（代序）

曾经有一位批评家说过，一流小说写感情，二流小说写哲学，三流小说写故事。这句话，我看到了便记住了，不知对不对，但我觉得小说是复杂的，否则就不是文学了。课本上说，文学即人学。这没错，因为我们在写人。

在大约二十来年的时间里，拉拉杂杂地写过十几篇关于警察题材的小说。一提起警察就和案件联系了起来，也就敏感了起来。因为在影视题材上，涉案题材是有限制的。小说境况要好很多。

警察是个职业，就像军人一样。作为文学创作，首先我们写的是人，然后才是职业，当然不同职业从事的工作不同，发生的故事也不一样。作为外行，我们对警察的职业充满了许多幻想，越为我们所不熟知，幻想便越发瑰丽。

警察题材的作品为什么至今没有更多优秀作品出现，不是因为某种限制，而是我们没有走近警察队伍，不了解，甚至还有误解。即便去写，也是故事猎奇，为故事而写作，长此以往,就很难有优秀的警察题材作品影响到读者。正如以前军旅题材的作品,只能也只会描写军人的高大上。久了,便不再受待见。其实在创作警察题材作品时,我们也在犯这样的错误。

创作任何一部作品，主人公的职业只是人的外在属性，主导故事发展和变化的仍然是人。开头那位评论家所说的把作品分成三六九等,其实,简单地说,用什么方式写作都有利有弊。故事不是小说,哲学更不是小说。小说是个混合体。我对一部小说的评判标准是:人物、语言、故事。

警察题材的作品概莫能外,仅写其工作的神秘和重要远远不够,它承载的是人性的力量和作品以外的情怀。文学是引领我们精神的图腾，我们不能让作品匍匐在生活的脚下，而应引领我们的生活,奔向更美好的去处。

天　堂

比平时早了一些，下午四点半，宋杰把车开出了长坤生物制药公司。经过门岗时，保安小崔冲车上喊：队长，接孩子去呀。他点了下头，便驶出了长坤制药公司。

雪还在飘着，街道上浅浅的一层落雪，有风吹过，雪花四处飘散开来。今天是儿子小满的生日，他提前给蛋糕店打了电话，订了一个生日蛋糕。出门右拐，再左转，过了个红绿灯，就是那家蛋糕店了。他取了蛋糕上了车，直接向幼儿园驶去。

不早不晚，时间刚刚好，幼儿园门已经开了，接孩子的家长拥入幼儿园。他把车停好，也向里面走去。

小满站在一群孩子后面，抱着书包在等他。小满看见他跑过来，他牵过小满的手，小满回头，冲老师说：老师再见。宋杰也冲老师点点头。老师姓苗，二十出头的样子。小苗老师走过来，叫了声：宋队长。在公安局刑警队时，苗老师这么叫他，他到了长坤制药公司的保安队，还这么称呼他，似乎在她的眼中，这两个队长没区别。

小苗老师微笑着把手里一只糖果盒递给他，道：今天是小满生日。

宋杰要推托，小苗道：过生日的孩子都有，幼儿园的一点心意。宋杰这才收了，又让小满和老师道了别。

他走到车旁，打开车门，把小满抱到副驾驶位置上。后排座上放蛋糕，就没有让儿子坐后面。

车开了，小满仍死死抱着书包，两眼盯着前方。

他说：小满，爸给你买蛋糕了。

小满只“嗯”了一声，情绪似乎不高。蛋糕可是小满的最爱，以前经常缠着他要吃，拧不过，他只给买一小块。见小满提不起兴趣，便问：小满，怎么了，老师批评你了？

小满摇下头，目光有些游离。

去年，也是落雪时节，妻子离开了他们。他想，儿子一定是想妈妈了，鼻子跟着有些发酸，没再和小满说话，怕小满哭出来。

小满突然道：爸，你说有天堂吗？

他一惊。妻子离开最初的日子，他一直在跟小满说妈妈出差了。后来瞒不过，他才和小满说：妈妈去了天堂。小满问：爸，天堂远吗，在哪里？他用手指了指西方的天际，道：在那里，很远。小满又问：妈妈还回来吗？他沉默半晌，道：我们有一天，也会去天堂的。

每次看着睡去的小满，他心里都是一阵难过，孩子还不知道什么叫死亡，孩子也想象不出死亡是什么。小满只能相信他说的话，妈妈在天堂。天堂到底是什么，其实他也说不清。只希望逝去的亲人，能够进入天堂。天堂一定是充满阳光并温暖的所在。

他和妻子杨雪老家都在外地。他们大学毕业之后留在了这座城市，有了家，有了小满。妻子去世后，父母还有岳父岳母都想把小满带走，他拒绝了。孩子失去了母亲，不能再让他失去父亲了。再难，他也要和孩子在一起。况且，他也需要小满，看到小满似乎就看到了妻子杨雪。

小满把怀里的书包抱紧一些，望着他的侧脸又问：爸，天堂到底有多远？

他透过车窗望着灰蒙蒙的天空说：在云彩后面，很远很远的地方。

小满又问：在天上吗？

他说：在天上。

他内心多么希望真的有天堂啊，那样妻子就会一直在天堂里注视着他们。但他知道，天堂是人们一种美好的愿景。他在心里叹口气。

回到家，他把蛋糕打开，点上蜡烛道：小满，许个愿吧。

小满坐在椅子上，望着蛋糕上燃烧的蜡烛闭上了眼睛。他发现小满从进门到现在，怀里仍紧紧地抱着他的小书包。小满虔诚地闭着眼睛，半晌，把蜡烛吹灭。他把蛋糕切开，递给小满:吃吧。伸手去取小满怀里的书包,小满挣扎一下,并没放手,跳下椅子:我去放。说完跑向自己的房间,出来时还把门带好,这才又坐到桌前。看到小满开始吃蛋糕,他张罗着做饭。吃过饭,他打开电视找到播放动画片的频道。他还要回公司去转一转,这是每天的例行公事。

小满却说:爸,我不看动画片了。

他看着儿子。

小满说:爸,你走吧,我回自己屋去了。小满走回自己房间,关上门。他不知小满怎么了,觉得怪怪的。他轻手轻脚地在小满房间门口谛听了一会儿,见并没什么异样,冲屋里说道:小满,那我去公司了。

小满爽快地答:你去吧。

他把客厅和厨房灯都打开。他不在家怕小满害怕。

他走到门口又说:小满,爸走了,有事给爸打电话。

小满的书包里放了部手机,自从妻子不在了,他就给小满配了这部手机,以防万一。妻子死于意外。也是在这样的下雪天,妻子去幼儿园接小满,就在过马路时,一辆卡车飞驰过来,把妻子撞出去十几米远。那会儿,他正在盘山路上跟踪一辆神秘的货车。他接到了队里打来的电话,只能放弃眼前跟踪了大半天的货车。当他赶到医院时,只看见抢救室里床上用白床单盖着的妻子。他掀开白床单,见妻子手里仍抓着小满的棉大衣。下雪了,她怕孩子冷,特意回家取了孩子的棉大衣。此时,那件棉衣仍死死地抓在她手里。

他走出单元门,回望了一眼自家楼上,灯很亮地燃着。家家户户的厨房都是忙碌的身影,热气蒙在窗玻璃上。自己的家却是清冷的,他又想到了妻子杨雪。他仰起了头,雪仍纷纷地下着。

宋杰赶到保安值班室,小崔和小李两人正在下棋,见他进来,忙把棋推乱了。小崔说:队长,这儿没事,你早点回去陪孩子吧。

他坐在一把椅子上,点燃支烟,吸了口,突然问:你们相信有天堂吗?

小崔笑了:队长,那是骗人的。让活着的人有奔头。我妈信佛,说信了佛死了就能上天堂。我妈信,反正我不信。

小李说:我信,队长,咱家嫂子一定上天堂了。嫂子是好人。

他看眼小李,眼睛湿了一下,重重地吸口烟,把半截烟丢到垃圾桶里,起身道:王总还没走吧?

小崔说:还在会议室开会呢。

他走出保安值班室,来到办公楼前,五层正中就是会议室,那里的灯果然亮着。他又下到地下车库,不仅王总的车在,于副总还有刘副总的车都在。他已经养成了习惯,看公司高管来没来,只要看车位上的车就行。

他从地下车库上来,又向制药车间走去。几个制药车间连在一起,有很大一片,以前他都是开着车转,今天他想走走。雪似乎大了,厚厚的一层,他在雪地上留下一串脚印。

老　板

长坤生物制药公司的老板叫王文强,五十多岁。他是个工作狂,每天总是很早就来上班。来到单位后,停好车,他先不去办公室,而是院里院外地转一转。每次都会来保安室看看。保安室的里间是监控室,公司院内院外架设了几十只摄像头,坐在监控室内便可以看到公司大院每一个角落。

老板王文强一进保安室,所有人都站起来,问候一声:王总好。王文强并不说什么,到监控前看会儿监视画面,拍拍管监控保安的肩膀,便来到外间。见保安们仍站在原地,王文强从口袋里掏出一盒中华烟,每个人递一支烟过去。保安大都吸烟,保安室里有一只硕大的烟灰缸,里面堆满了烟屁股。长坤要求保安二十四小时值班,就那十来个人,连轴转,只能靠烟顶着,王文强每次来保安室,也就都会散一圈烟。保安们舍不得马上就吸这支中华烟,有的握在手里,有的放到衣服口袋里,小心地按按。

这天,王文强走出保安室时,刚好在门口跟宋杰走了个对脸,叫了声:宋队长。宋杰也招呼道:王总早。

宋杰看到王文强的眉头拧在了一起,知道王文强一定有事找自己。

他和王文强认识得很早,还是在警察学院上学时,那时王文强多次去过警察学院选人。警察学院虽说培养的是警察,但并不是每个毕业生都能加入警察队伍,有的做保安,有的做了别的什么工作。省里的一些大企业,也经常去警察学院选人。

王文强很重视自己公司员工的素质,就连保安也要选高素质的人才。当初王文强看上了正读大三的宋杰,就请教刑法的马教授来做工作。马教授在警察学院是德高望重的刑法专家,在全国也很知名,经常在省内省外的一些重要场合做报告。包括检察院起诉前定性一个案子,有时也会聘请马教授当顾问,希望听取他的意见。马教授在学生们的眼中是至高无上的。

王文强单独找了宋杰,还请宋杰喝了两次酒。宋杰在警院上学时,从大一到大三一直是优秀学生。王文强的热情以及开出的具有诱惑力的条件,的确让他有些心动了。王文强的公司当时还在郊区一个叫小孤山的镇子,起步不久,但他招揽天下人才的决心非常坚定。最后还是马教授的一句话,让宋杰改变了想法。马教授把他叫到自己办公室,问:你来警院上学的目的是什么?他毫不犹豫地答:当一名优秀的警察。

马教授那一双藏在镜片后的眼睛亮了一下,拍了一下他肩膀道:相信你自己的选择。

马教授这句话坚定了宋杰当一名警察的理想。他是农村长大的孩子,小时候最大的愿望就是当一名优秀的警察。在和平年代,警察是正义的化身,除暴安良,维护一方平安。在他的心目中,警察个个是英雄。他梦想着自己也成为一个英雄,是少年时就种下的情结。

后来,他顺利地当上了刑警,在静海区刑警队一干就是十年,从最初懵懂无知的小白,成长为刑警队的副队长。

当了刑警后,他仍然和王文强有所接触。过年过节的,王文强总代表长坤到公安局刑警队进行慰问, 送些节礼年货。王文强每次都说:是你们警察保了一方平安,才有我们长坤的今天。

转眼十年过去,长坤已经是省里的著名制药企业了。不仅著名,还是省里的纳税大户。王文强也成了省人大代表、省企业家协会的副会长。省长、市委书记、市长、区长经常到长坤来看望,说些鼓励的话。公司会议室的墙上,挂满了奖状、证书。走进会议室,就仿佛走进了荣誉室。

王文强一直强调,没有人才,就没有长坤的今天。他是这么说的,的确也是这么做的。其他公司的保安拿的是最低工资,道理很明显,保安这工作没有技术含量,是人就可以干。其他公司保安的素质也经常是参差不齐的,老的少的,弯的直的，都能在门口站一站。但长坤却不一样。保安的工资也是和职工的工资基本一致。每年工资还都会有上调。而且，这里的保安是清一色的小伙子，有的是王文强从警院挖来的，有的是招的部队复转军人。长坤拥有的是职业化保安队伍。

长坤的保安很塌心，尽职尽责，把长坤当成家了。年纪大一些的，有的不适合做保安工作了，公司会给调换岗位。保安们有奔头，对公司的热爱比任何其他保安队都要强烈。

宋杰离开刑警队之际，王文强亲自出马，请宋杰吃了几次饭，去宋杰家里坐了几次。那会儿，妻子杨雪刚去世不久，宋杰还没从悲痛中走出来。王文强一再相邀，宋杰最终成了长坤保安队的队长。前任队长年纪大了，王文强将他调到公司行政部门去了。宋杰来到保安队之后，王文强果然没有食言，他的待遇是中层领导岗位的工资，和在刑警队的收入比起来，只多不少。

在王文强眼里没有什么是难事，他是一名成功人士。

那天，在保安室门前，拧着眉头的王文强冲宋杰说：宋队长，你来一下。

王文强引宋杰至会议室坐定，亲自给宋杰倒了杯水：采购部的小苏，昨天夜里被刑警队的人带走了。

宋杰惊愕地抬起眼睛，盯着王文强。采购部小苏他熟悉，戴着眼镜的文文静静一个年轻人，对谁都是微笑着说话。每天出入公司大门时，他都会从电动车上下来，冲保安点点头，问声好，过了门岗才又骑上车。

小苏历来遵纪守法，他怎么会被警察抓去？你帮忙打听一下。要罚款，公司认。王文强说。此时，拧在他眉心的疙瘩已经不见了。

宋杰意识到问题的严重性。刑警队没有证据不会抓人。一般的事也轮不到刑警队出面。他想到了分局局长高龙彬。

宋杰想了想，跟王文强强调，刑警队管的是刑事案件，肯定小不了。他这么说，有让王文强做好心理准备的意思，另一层意思是，自己很可能打探不到什么内部消息。

王文强领会到了，又拧起眉头：小苏是刚毕业两年的大学生，一毕业就来到咱们公司的采购部工作，他能犯啥事？不过，现在人太复杂，知人知面不知心呢。作为单位领导，了解下属犯了什么法也不为过。静海分局你人头熟，尽量打听，问到问不到我都不怪你。

王文强抬腕看了下表说：宋队长，不打扰了。该送孩子上幼儿园了吧。

宋杰每天这个时候都要从食堂买好早点，回家和儿子一起吃，然后送儿子去幼儿园。

宋杰也下意识看眼表，便向王文强告辞，从会议室出来，向食堂走去。

试 探

分局局长高龙彬是宋杰的伯乐。

警察学院最后一个学期,宋杰和几个同学来到了静海分局实习。那会儿,高龙彬是刑警队的队长。有几次出警,宋杰和同学也去了现场,在宋杰他们这些学生眼里,高龙彬队长就是一名中国的神探。不论什么现场,高龙彬都从容冷静,戴一副白手套,背着手在现场内外看一圈,便能说出死者身上的伤来自什么类型的凶器,大概死亡时间,现场有几个人,当时现场是个什么样子。他的分析往往与法医的结论吻合,也与凶犯的供述出入不大。

在静海分局,上上下下的人都服高龙彬。高龙彬还经常被其他区借调去破案。不论多么疑难的案件,高龙彬总能在最短时间内分析出眉目。

宋杰就是在那会儿，有了留在静海分局刑警队的想法，如得到这样一位师父指点,实在是一桩幸事。在案发现场,实习生只能远远地看着,没有机会近距离接触神通广大的高队长,平时更无可能。他想到了马教授。马教授在讲课时曾说过,高龙彬是他的学生。马教授那天在课堂上如数家珍地一口气说出了十几个学生的名字,这些人在警界都是响当当的人物。马教授可以说是警界的教父。而在他们这届学生中,马教授最欣赏的就是宋杰。他评价宋杰,心理素质好,细节抓得准,说这是一个刑警必须具备的条件。

宋杰找到马教授,把自己的想法说了。马教授推推鼻梁上的眼镜,认真地望着宋杰,半晌才道:你敢保证自己能做一个优秀的刑警?宋杰挺直身子站在马教授面前,双脚用力并在一起道:当一名合格的警察是我的追求。您教导过我们,治理好一个国家,首先从警察队伍做起。

马教授点点头,并没说什么,宋杰只好告辞了。

这事过去没多久, 他们几个实习生又一次随刑警队出警。这是一个强奸杀人现场,在一户居民家中,二层右手一个房间。无一例外地,实习生被留在了外面。高龙彬进去了,在屋里转了一圈,很快就出来了。刑警们拍完照、取完证据,也从现场退了出来。高龙彬一抬头,看见了站在不远处的实习生们,招了下手道:你们去看看。

这是宋杰第一次这么近距离地观察作案现场。一条白床单把死者罩住了,屋内摆设很规矩,不见半点凌乱,地面也是干干净净的,似乎房间内的女主人睡着了。他走过去,掀开床单一角,尸体呈现在眼前,死者很安详的样子,上身睡衣完好地穿着,下身赤裸,一双眼睛似睁又合。他又打量了一眼床上,睡裤被扔到床角。他从屋里退了出来,其余同学也跟着他走出来。

高龙彬正在警车旁吸烟,法医提着工具箱又一次走进屋去。高龙彬把烟头扔在脚下踩住,冲他们说:说说吧。

宋杰见几个同学一脸茫然，便喊了声：报告。他立定在高龙彬面前道：报告队长，我的分析是，熟人作案，而且两人到三人，不可能一个人。死者是被闷死的。他做了个手势。

高龙彬又点了支烟，头也不抬地说：说说理由。

宋杰的紧张感消退一些，这是他第一次这么近距离地面对高龙彬：第一，如果不是熟人，凶犯没必要杀死被害者。天网恢恢，谁也不想给自己多加一项罪名。第二，从现场来看，屋内整洁，像没人进来过，说明死者没有反抗，确切地说，整个过程没有打斗的痕迹。被害者在自己家里，遇到危险时，不会恐惧得一点反抗也没有，只能说明两人以上，很快制服了受害者。宋杰说到这儿，看了眼高龙彬的脸色，但在高龙彬脸上却没看到任何表情。高龙彬正眯着眼吸烟。他大着胆子又补充道：我再补充一下，作案时间不会太晚，灯是开着的。到现在仍亮着，犯罪分子离开时忘把灯关上了。

他看见高龙彬把目光投在自己脸上，他留意到，这是一丝不易察觉的欣赏的眼神。他又说：死者穿着睡衣，证明肯定是晚上，如果太晚，或者不是熟人，她不会开门。进门时我看了下门锁，是完好的。

这时法医提着工具箱从屋内走出来。高龙彬拍了下手道：收队。

那天下午，他被高龙彬叫到了办公室。高龙彬坐在桌后，桌子上堆着一摞卷宗。他立在高龙彬桌前，高龙彬指着沙发道:坐吧。他小心地退后两步坐下。高龙彬问:你叫宋杰?他立起身道:我叫宋杰。警察学院实习生,马教授的学生。

高龙彬挥了下手道:坐下说吧。他这才坐下。

高龙彬说:马教授在电话里推荐过你。他冲高龙彬挤出一丝微笑。高龙彬抬起目光道:你今天在现场分析得很有道理,但作案人不会多于两个,不过对不对,破了案才能知道。

一周后,案子破了。两名嫌疑人被抓捕归案了。和宋杰分析得差不多,两名嫌疑人是被害女性丈夫的生意伙伴,因经济纠纷,本来想把被害人作为人质要回欠款,临时又改变了想法,奸杀了被害人。

毕业前夕,宋杰结束了在刑警队的实习。离开前一天,高龙彬又一次叫宋杰到自己的办公室。宋杰刚走进办公室,高龙彬就从抽屉里拿出一份档案道:你的档案我已经从学校要来了,你毕业后马上到我这儿来报到。

如此宋杰来到了刑警队,十年间,干到了刑警队的副队长。昔日的高队长,已成为静海区公安局局长了。如果不是妻子遇害,宋杰今天还会在刑警队副队长任上。

王文强让宋杰打探小苏的案子,正是利用他与刑警队的关系。

宋杰清楚,这是王文强对自己的又一次试探。身为省人大代表的王文强,别说直接打电话给分局局长高龙彬,就是打个电话给市局局长、省厅厅长也不在话下。王文强是个有身份、有地位的商人。别说公安局，就连省长对王文强都客客气气。长坤生物制药公司是省里数一数二的明星企业，是纳税大户，省里创收的财神爷。

他想起高龙彬说过的话：你去长坤，王文强不可能马上相信你，能不能成为他的心腹就看你的本事了。

想到这里，他心中一震。来长坤一年了，他脱离刑警工作也一年了，他的嗅觉和观察能力下降了。曾几何时，一想起自己肩负的使命，他就精神一振。可平凡的保安生活已经让他懈怠了许多。

他走出食堂，觉得背后有一双眼睛在尾随自己。自从来到长坤，他一直觉得有这么一双眼睛在盯着自己，回头寻找，什么也没有发现，但这种感觉一直伴随着他。这次他没有回头。他要送小满去幼儿园了。

回到家时，他发现把早点忘在车里了，忙给小满煎了个鸡蛋，又从冰箱里拿出奶来，放到微波炉里热了。小满已经穿好衣服，正站在小凳上洗脸。

妻子离开已有一年，他发现小满长大了，懂事了。自己又何尝不是变了。妻子在的那会儿，他把家和孩子都交给妻子，早出晚归，脑子里除了案子还是案子，就连睡觉他梦见的都是案子。可他昨晚梦见了妻子，妻子冲他说：你要照顾好小满。你又当爹又当娘的，辛苦你了。妻子说这话时，一脸歉然。

后来他醒了,仍想着那个梦。泪水打湿了枕巾。

妻子杨雪和他老家在一个县,上大学时都在省城,但之前并不认识。大学毕业,妻子考上了公务员,在团市委工作,和马教授爱人吴言一个单位,是吴言介绍他俩认识的。一年后两人就结婚了。他跟踪那辆神秘的货车时妻子出事了,他一直觉得妻子的死和那辆货车有关系。是自己害死了妻子,他一辈子都愧对妻子。他梦里梦外无数次责备自己,是自己没保护好妻子。这一年来,他都陷在深深的自责中。

卧　底

白纸黑字,局里让宋杰离开刑警队。从那一刻开始,他就是个社会人了。脱去警服,他才意识到,自己工作了十年的地方,已经和自己没一点关系了。

他离开刑警队时,队长秦南坡约了兄弟们为他送行。那是在秦南坡家里,秦南坡把老婆孩子赶回了娘家。兄弟们说着话。秦南坡一直安慰他:兄弟,离开也好,以后工作压力就没这么大了。你想想,你要还在刑警队工作,怎么照顾小满?

另一个兄弟说:宋队,听说你去长坤保安队了,别看保安队长官小,据说收入可不低。制药行业可是暴利呀。长坤那个王总,把钱都倒腾到国外去了。

秦南坡制止道:没证据别乱说,王文强可是省里有名的企业家,省领导都很重视他们公司。

秦南坡拍下宋杰的肩膀:兄弟,山不转水转,树挪死人挪活。我们都是把脑袋别在腰上在干事。走了好,一了百了。

秦南坡端起半杯酒和宋杰碰了一下, 一口气喝光了,然后离开座位,打开音响,冲大家伙说:今天我给宋队长唱首歌,算是送行了。《驼铃》的前奏响了起来。秦南坡粗门大嗓地唱了起来:送战友,踏征程……秦南坡一首歌唱完,宋杰发现自己的脸都是湿的,他一摸,全是泪。兄弟们脸上也都晶莹一片。

那天从秦南坡家告辞,他挨个和兄弟们拥抱。抹一把脸上的泪,转身走到街上。落雪了,雪花不大不小,纷纷扬扬,路灯光灰蒙蒙一片。

自从离开刑警队,宋杰还没有和局长高龙彬联系过。

他从怀里掏出另一部手机,这部手机是高龙彬专门为他准备的。手机是旧的,还是按键式的。他离开刑警队,就另外办了一张手机卡,放进这部手机。他把这部手机一直揣在怀里。高龙彬也留给他另一个号码,是个陌生的手机号码。他们办重大案件时,为了保密,经常采用这种办法。

他走到街边,拨打高龙彬的新号码,正忐忑着,通了。高龙彬一贯的风格,上来就是一句:说。以前办案时向高龙彬请示，高龙彬也从不废话，电话一通只这一个字：说。他说：王文强的人被咱们逮起来了，他让我打听一下消息。高龙彬在那端沉默片刻，道：一个小时后，我在新来茶馆等你。新来茶馆在公安局的对面，这是他以前和线人见面时经常去的地方。人不多，安静又安全。

他把手机揣回怀里，按了按。和高龙彬通过话，他仿佛又回到了从前在刑警队办案的状态。他浑身每个毛孔都张开着。

他先到保安队里转了一圈，看大家各自忙碌着，冲小崔说：我出去一下，一会儿就回。

小崔说：队长，你忙你的，这里你放心。

他开上车，先是往左拐去。去公安局应该出门向右拐，他故意拐向左面，绕了一圈，在一家大型商场的停车场把车停下来。商场人多，便于摆脱盯梢。他在商场里转了几转后，出门走向新来茶馆。以前办案的习惯，指东打西。刑警队的人在明处，犯罪分子在暗处，只能时时提防。

新来茶馆门面不大，里面却别有洞天。一楼是前台和散座，二楼是包间。茶馆里的服务人员他都认识。前台的小姑娘见他来了，叫一声：宋哥来了。他点一下头。小姑娘也不多说，前头带路，直上二楼，向左拐，来到一间包间门口，小声说：高局在里面呢。他点下头算是谢过，推开门。

高龙彬正在里面泡茶，见他进来，往空杯子里倒满茶。他坐在高龙彬对面，叫了声：高局。

高龙彬摆下手道：说正事。苏林，长坤的采购员，违规采购了一批化学制品。之前我们的怀疑方向正确，查实长坤其他采购员也有过类似的事情。高龙彬说完，目光如炬地盯着宋杰。

宋杰把外套拉开，茶馆里有些热。

恰在自己紧盯运送一批化学制品的货车时，妻子出了车祸，使自己不得不放弃追踪。妻子的死是一场阴谋，自己一直这么怀疑，苦于没有证据。高龙彬此时一番话让他看到了希望。

他说：那就从苏林身上打开缺口啊，抓紧审讯，别让这条线索断了。

高龙彬却摇摇头，从怀里掏出烟，甩一支给宋杰，然后自顾自点燃吸上。高龙彬在办公室从不抽烟，也不允许别人抽。只有办案或分析案情时他才抽。

不，我准备把苏林放了。几口烟之后，高龙彬把烟头按在烟灰缸里熄灭，态度坚决又果断地说。

宋杰吃惊地望着高龙彬。

在苏林身上捞不出干货。王文强为什么不自己给我打电话了解情况？他是在试探你。

高龙彬的判断正与宋杰相同。

宋杰马上明白高龙彬为什么要放了苏林。高龙彬不想因小失大——苏林不会了解太多，他就是个采购员，从他那里拿不到证据，还是白忙一场。而放了苏林，一方面让王文强觉得刑警队认为这是一起普通案件，放松警惕，一方面给宋杰一个顺水人情，让王文强消除对宋杰的疑心。

一年多之前，外省破获了一起贩毒团伙案，所有证据都指明制毒窝点在本市。刑警队接到了市局秘密指令，要找出这个制毒窝点。那次行动中，刑警队和制毒分子发生了冲突，宋杰还救了秦南坡一命，自己中了一枪。

宋杰养好伤，重新投入行动，不久，妻子杨雪就出了车祸。

撞死妻子的司机是个四十多岁的男人。下雪天，妻子去幼儿园接孩子，就在过马路的一瞬间，肇事车辆把妻子撞飞。司机并未逃逸，而是坐在车内拨打了110和120。妻子被120拉走，在送到医院前死去。他接到电话时，正追踪大货车行驶在山路上。

他赶到医院，妻子已经被一床白床单盖住了。

秦南坡和刑警队几名兄弟立在门口看着他。他掀开床单，看见妻子的嘴角有血溢出。他用手为她擦去，然后把手放在妻子冰冷的额头上。许久，他抬起头，眼泪流了下来。他冲站在门口的秦南坡喊道：肇事司机呢？

拘留所。秦南坡这么答了，便低下头去。

在拘留所，他查看了审讯笔录：刘大成，男，四十二岁，无业，因盗窃被判过三年半有期徒刑。肇事时属饮酒驾车。

卡车是他贷款买的。他说没想到会发生这种事。

宋杰拿起钥匙，走到关押肇事司机刘大成的房间门前，手抖抖地打不开锁。秦南坡过来拉住他：冷静，别干傻事。

他说：我就想看一眼撞死我老婆的人长什么样。

门终于被他打开了。刘大成半躺在地上，神情漠然。看见刘大成满不在乎地瞥了自己一眼，他弯下腰，伸手从地上把人扯起来，盯着对方的眼睛问：为什么撞人？

刘大成看他一眼：怎么了，开车在外，谁也保不准会不会撞人，关我、判我就是了。

他挥拳向刘大成打去，号叫着把后者压倒在地。秦南坡把他拉开时已经晚了，刘大成被他打得满脸是血。

正好有记者为另一个案子在拘留所采访，把这一幕拍下，端到了网上。一时间，群情激愤，评论区里炸锅了，并将之上升到“刑讯逼供”。

刘大成被判了刑，按照普通交通肇事案。

开除是市局做出的决定。当高龙彬把那纸决定推到他面前时，他只看了眼结论，脸色苍白，嗫嚅道：高局，我给你丢脸了。

高龙彬叹了口气：记者只知道报道，他们有谁理解警察办案的苦。

他低下头道:局长,我服从上级的决定。

那么,这是他离开前最后一次与高龙彬谈话了。

他抬起头:让我查完手头的案子再离开,行吗?

高龙彬又叹口气:宋杰,你是男子汉,能屈能伸。去长坤吧,王文强对你很感兴趣,我把你离开的风吹给他了。他要请你去。

堂堂静海区刑警队副队长去做一个保安队长,这是对他的侮辱。

宋杰与王文强有多年的接触,并不讨厌这个人。在他眼里,这个老板和一般的老板不一样。从一个中药加工商到成立制药公司,再到跻身省里的明星企业,的确不容易。许多人认为,王文强的成功,一半是勤奋,另一半是他求贤若渴的态度。许多人都听说过王文强三次求聘一位制药工程师的故事。那位工程师在广州一家制药厂工作,那家药厂是个老牌企业,在人员调整时冷落了工程师,工程师有意他就。王文强得到消息,第一个登门拜访。人家压根儿没有考虑过他们,当时在行业里,王文强的长坤还数不上,几句话就把他打发了。王文强离开广州之后,听说工程师和西安一家制药公司在谈,他又返回广州,找到了人家。对方还是找借口,以在北方生活不习惯为由把他拒绝了。但工程师和西安那家没谈妥,又和上海一家去谈,他听说了,再次出马。当时工程师在上海出差,他一直在工程师住的宾馆门口等,一连等了三天,终于看见工程师从出租车上下来，他忙迎上去，接过行李，帮着搬上楼前的台阶。工程师站在楼门口说：我和上海这家谈妥了，回去就办手续了。王文强笑着道：不是还没签合同吗，那我就再争取一次。工程师不再理他，提着行李进了宾馆。他就倚在大门口吸烟，吸到第三支时，工程师又从宾馆出来，看到他，道：你怎么还没走？他笑着说：刘工，还没吃饭吧，我陪你吃顿饭，也算我这趟没白来。就这样，他终于把工程师请到了自己的公司。如今刘工是长坤的总工程师。还有许多类似的故事。宋杰对王文强是颇有几分欣赏和尊重的。但无论如何，他不允许自己沦落到去一家企业当保安队长的地步。

他坚决地说：高局，就是要饭我也不会当这个保安。这是对刑警的侮辱。

高龙彬却说：你不是想查制毒窝点吗？好多线索都指向了长坤。撞死杨雪的司机手机里有几个陌生人的号码。我们查到那些人与长坤的于浩然有着联系。

宋杰倒吸了口冷气。

他盯着高龙彬：为何不从肇事司机身上打开突破口？

高龙彬摇摇头：这个司机肯定被收买了，况且从他身上查出收买人也没用，我们要的是直接证据，是制毒窝点。

他知道高龙彬办的案子比自己办过和听过的加起来都多。他心里一直把高龙彬当成师父看待。高龙彬的判断，他一向信服。

高龙彬压低声音:于浩然是长坤的人,如果他身上有嫌疑,那长坤也脱不了干系。你这次要去长坤。

高龙彬把市局决定书拿起来晃了一下,说:你以为市局真的要开除你?

在市局没出决定前,就有风言风语说要开除他。他不信,秦南坡和兄弟们也不信。他这种错误顶多就是个处分,最重也不过降级留用。大家都没想到最终的决定真是开除他。宋杰想不通,刑警队所有的人都想不通。

高龙彬把那张决定书收到抽屉里:是我让市局这么决定的,目的就是让你深入长坤内部,取得王文强的信任。

苦肉计。宋杰觉得肩上一下子重了起来。使命。一名刑警的使命。

高龙彬在纸上写下一个手机号码,举到他面前:以后用这个号码和我联系,这是为你开通的专线。

那串数字他看了两遍便记在了脑子里,速记是刑警的基本功。

他办理了离队手续,和兄弟们喝了告别酒。

经高龙彬与王文强沟通,他的档案转到了长坤人事部。

他知道,自己现在是个卧底了。

意　外

宋杰先把苏林被抓系因购买、运送管制化学制品的事用手机通知了王文强。待他赶到公司会议室门外，会议室里正开中层干部会，王文强主持，已在研究对苏林的处理。王文强这件事办得在理：员工被拘留，无论如何也是大事。

秘书看见宋杰，推开门，走到王文强身边，小声说：宋队长回来了。

王文强扭头向宋杰大声说：快请宋队长入会。

门开大了，宋杰走进会议室，找空位坐下。

宋杰进门之前，王文强正在讲话。现下他看向宋杰，两人对下眼，宋杰给王文强的是一个模棱两可的眼神。王文强收回目光，继续讲：一个采购部的采购员，胆大包天，竟然以公司名义私购化学制品。会前我和于总碰了头，这次苏林购买的化学制品和公司毫无关系。

宋杰突然意识到高龙彬的老辣。对刑警队来说，抓一个苏林没意义，刑警队要的是证据。

宋杰看于浩然，于浩然此时正望着窗外。雪还在下，透过模糊的窗玻璃，隐约可见飘落的雪花。

关于采购员苏林，人事部拿个意见。吃里爬外的员工，绝对不能姑息。王文强讲到这儿，扫了眼宋杰道，于总和宋队长留下，其他人散会。

众人鱼贯走出会议室，秘书也退出去，同时把门带上。此时，会议室里只剩王文强、于浩然、宋杰三人。王文强再次把目光投向宋杰，宋杰掏出烟，扫到会议室墙上禁止吸烟的标识，又把烟装了回去。王文强也抽烟，但他从不当着众人面在会议室里吸烟。此时王文强却向宋杰道：抽吧，给我也来一支。

宋杰又把烟掏出来，递一支给王文强，两人点上。于浩然不抽烟。王文强问：什么情况？

宋杰不紧不慢地说：刑警队的人查了，咱公司用不上这些化学制品。

王文强说：这个苏林吃里爬外，帮别人干事，干兼职啊。

苏林呢，人还要在刑警队待一阵子，按规定，不审出个结果不能放人。宋杰有意把说话的节奏放慢。他要在这个过程中观察王文强和于浩然的反应。

王文强看一眼于浩然：于总，你主管采购部，你拿个意见吧。我有事先出去一下。说完起身离去。

宋杰直视于浩然。

对于浩然，宋杰最初是有一层亲近感的。他知道马教授的女儿马晓雯在和于浩然谈恋爱，有几次他去马教授家，于浩然也在。宋杰一直是把马晓雯当妹妹看待的。这一对年轻人是大学同学，都是学化学的，毕业后马晓雯去了中学当老师，于浩然到了长坤。后来，于浩然被发现和撞死妻子的司机有联系，宋杰对他情绪复杂了。

于浩然挪到宋杰旁边坐下:宋队长,刑警队你熟,你看这事怎么办?

宋杰慢吞吞地说:没事的话,苏林就出来了。

于浩然说:要不咱给秦队长意思意思?刑警队秦队长说了算。你帮我把秦队长约出来,我和他谈。

于浩然这种社会做派让他陡生另一层反感:刑警队不是你想象的那个样子。我打听了,苏林把问题说清楚,应该就没事了。

他加重了“说清楚”三个字的语气。

于浩然起身,在会议室里踱步。

宋杰站起来:于总,我先走了。有事你叫我。

于浩然似乎全然没听见他的话,仍在踱步。

如果苏林也是他指使的,宋杰想,这是个关键人物。

第二天深夜,那部手机响了。接起后,他“嗯”了一声,只听那端说:苏林死了。

他怔在那儿,“喂”了一声,那端已经挂了。他坐下,开始一根接一根地吸烟。

苏林一定死于他杀。宋杰想把这个判断马上告诉高龙彬。然而高龙彬又怎么可能想不到。

谁杀了苏林,是于浩然吗?和指使刘大成撞死妻子的人是不是同一个?

天悄悄地亮了。

把小满送到幼儿园之后,宋杰到了保安室。刚进保安室还没坐下,他便接到于浩然的电话,让他马上到自己办公室。肯定是苏林的事。

于浩然办公室里,于浩然正背对房门站在窗前,向外望着。宋杰叫声:于总。于浩然转过身子,示意他在沙发上坐下,自己也转到桌后坐下:刑警队来电话了,苏林死了。说这话时, 于浩然脸上不见半点惊色, 平淡得似乎什么也没发生。

宋杰做出吃惊的样子:怎么死的?

于浩然摆了下手:还不知道。我和王总商量过了,你负责处理苏林的后事。

宋杰盯着于浩然,希望那张嘴里再说出些什么来。而于浩然却显然不想往下说了。

宋杰站起来:就这些?

于浩然点点头,走到宋杰面前拍拍他的肩膀:宋队长,你去最合适,只能辛苦你了。

宋杰问:问死因吗?

于浩然目光闪烁了一下:也可能是自杀,他私下干的事太多了,一直瞒着公司,谁知道他有没有闯大祸。

宋杰说:我知道了,能问就问。那我去一趟刑警队。

宋杰走到门口,于浩然又追了一句:记住,大事化小,小事化了。咱也不能给刑警队添麻烦。

宋杰到刑警队时已经快十点了。大办公室里,刑警们见了他都围过来,队长长队长短地叫着。

他说:我们公司的采购员死在你们这儿了。

大家一听提案子,便都不说话了。

略一停顿,小姚说:队长,这事你去问秦队吧,他在办公室。

宋杰微笑着点了下头。他理解,不当着外人面议论案情,这是纪律。如今自己已经是外人了。

秦南坡办公室门前,宋杰敲了一下便推门而入。

秦南坡正伏案看报告,宋杰走到桌前,他头也不抬:说。宋杰用手指关节敲了下桌子,秦南坡才抬起头:是你呀。下意识地把报告扣在桌子上。

宋杰退后一步,与办公桌保持一定距离。桌子上放的都是卷宗,都是机密。

秦南坡把他让到沙发前坐下,顺手倒给他一杯茶:为苏林的事来的吧?

他点点头:于浩然说你给他打过电话。

秦南坡也点下头:苏林昨晚死在了看守所。说着甩一支烟给他。两人点上吸着。

秦南坡没提死因。桌上那份报告应该就是关于苏林的，或许包括了尸检结果。

他问：于浩然让我处理苏林的后事，怎么跟家属交代？

秦南坡道：和于浩然说过，先不要通知家属，有些事情还没了结。

苏林肯定不是自杀，自己的判断是对的。宋杰把烟在烟灰缸里掐灭：看来我没必要来。说完起身，向门口走去。

秦南坡把他送到门口：改日找你喝酒。

他笑了一下，点头道：秦队你忙。

回到长坤，宋杰径直去找于浩然。于浩然不在办公室，秘书告诉他，于总在王总那儿。他又来到王文强办公室，果真都在。王文强盯着他的眼睛：刑警队的人怎么说？

他瞥一眼于浩然：刑警队说，还没出结果，暂不处理后事。

于浩然向王文强解释：秦队长通知我说苏林死了，我想咱们是不是应该配合一下，就让宋队长去看看。

王文强问宋杰：怎么死的？

宋杰摇头：刑警队的人说，还没结论。

王文强和于浩然对视一眼。于浩然站起来对他说：宋队长，辛苦了。

宋杰告辞，于浩然把他送到门口：我和王总商量下怎么和苏林家属说。

宋杰向于浩然点头一笑，转身离开。

门在他身后关上了。

晚上，那部老式手机又响了：半小时后，老地方。

他安顿小满上床，把床头小灯开着。小满很是乖巧：爸，你去吧，我再玩一会儿就睡了。

最近不知怎么，小满出奇的听话。

新来茶馆，高龙彬已在等宋杰：苏林死于氰化钾中毒。抢救过，死前说出了于浩然的名字，更多的没来得及说。

宋杰说：上午我去过刑警队，秦队没露，不过我有预感。

高龙彬说：一年前那辆可疑货车，你妻子的车祸，苏林的死，看来都是同一伙人。

他点头，期待地望着高龙彬。

高龙彬说：错不了，长坤有猫腻。把你安排到长坤，这步棋走对了。下一步，盯紧长坤。我要向市局做一个汇报。

宋杰站起来。

高龙彬补充：有事随时打电话。拍拍胸兜的位置。

宋杰先从茶馆出来，走了一段路，才拦了辆出租车。

坐在车上，宋杰又过了一遍这两天于浩然和王文强的反应。他确定了自己下一步的行动。

手　机

妈妈刚出车祸时，小满吓着了。那天，他和其他孩子站在幼儿园门口等家长来接。他看见穿风衣的妈妈从马路对面走过来，妈妈脖子上的红纱巾异常鲜艳。在他的心目中，妈妈是最漂亮的，不仅漂亮，身上还有一股好闻的味道。妈妈过马路，他已经能清晰地看见妈妈的脸庞了，妈妈的目光在孩子中搜索到他，绽开了笑容。就在这时，一辆卡车飞驰而来，很快，快得他都没看清，妈妈就飞了出去。红纱巾飘向空中，最后挂在了一棵树上。

小满大叫起来，他拼命地呼喊着：妈妈……老师忙把小满和其他孩子带回了教室。那个傍晚，是老师陪他在幼儿园度过的。他扒着窗台向外看，可老师把窗帘拉上了，他看不见外面的一切了，却能听到有警车驶来，人们嘈杂的声音。天黑下去，什么都听不到了，他开始哭泣，呼喊着“妈妈”。后来，他躺在睡午觉的床上睡着了。

爸爸是很晚才来把他接走的。从此，家里就剩下他和爸爸两个人了。他哭道：我要妈妈。爸爸红着眼睛说：妈妈去了天堂。他说：不对，我看见妈妈飞起来了。爸爸纠正：妈妈飞到天堂里去了。他问：天堂在哪里？爸爸用手指了一下窗外的天空，然后就一把抱住了他。

没有妈妈的日子他很不习惯。以前都是妈妈叫他起床，给他穿衣服，做早点吃，送他去幼儿园。现在这一切都由爸爸来做了。

爸爸说妈妈去了天堂，他就日思夜盼，希望妈妈能够早日回来。

小满想妈妈，但后来他忍着不哭，怕爸爸和老师看见不高兴。他只在睡觉时一个人躲在被子里哭，哭着哭着，不知怎么就睡着了，他梦见了妈妈，梦见妈妈向他飘过来，手里扬着红纱巾。他大声呼唤“妈妈”，就醒了，泪水汹涌地流下来。爸爸的手伸到他面前，为他擦去脸上的泪。

妈妈走后，爸爸给了他一部手机，里面存着爸爸的号码，让他有急事给爸爸打手机。以前他没有手机，有事他就让老师给爸爸妈妈打电话。爸爸妈妈的手机号码他都记得，记得死死的，这是他和爸爸妈妈联系的纽带。有两次他在幼儿园时肚子疼，老师手忙脚乱找家长登记表，一时找不到，是他把妈妈的号码告诉了老师。一会儿，妈妈就来接他了。到家后，妈妈把一只暖宝宝塞到他衣服里，又让他喝了红糖水，肚子一会儿就不疼了。有妈妈的日子，温暖，安全。他是妈妈带大的宝宝，他习惯妈妈的一切。

他偷偷给妈妈打手机。手机里一个阿姨告诉他拨打的号码不存在。怎么可能,妈妈一直用这个号码,怎么就不存在呢。他记得以前有一次妈妈出差,他想妈妈,给妈妈打过手机。也是这个阿姨,告诉他拨打的电话已关机。他问爸爸,爸爸告诉他妈妈在飞机上,打不通的。

爸爸说天堂很远,在天边,在云朵后面。看来妈妈一直在飞机上。他每天都打,可手机里的阿姨每次都告诉他号码不存在。

有一天,手机突然通了。他急切地喊着“妈妈”。另一个阿姨说话了:你是谁?

他大喊着:妈妈,我是小满!你到天堂了吗?什么时候回来?他一口气说完,生怕这个阿姨也说号码不存在。

手机那端沉默了片刻,说:小满,哪个小满?你是不是打错了?

他急得直喊:妈妈,我记得你的手机号码,爸爸说你去天堂了,要坐好久的飞机才能到。我天天给你打电话。妈妈,我想你。

手机那端又沉默了片刻,随后,声音变得又湿又软:妈妈也想你。

小满找到了妈妈。刚开始他觉得手机那端的妈妈有点陌生,后来就慢慢习惯了。

妈妈的手机里有时很吵,有时又很安静。妈妈告诉他,自己在天堂出差,让他听爸爸的话。他每次都问:妈妈,你什么时候回来？妈妈说：妈妈还要工作，小满听话，明天再给妈妈打电话。他知道工作就是忙，就是自己都睡觉了，爸爸还没回来。他以前总问妈妈：爸爸呢，怎么还不回来？妈妈告诉他爸爸在工作。他便不等了，闭上眼睛，一会儿就睡着了。妈妈带着他在小区里玩，看到别人家的小朋友有爸爸也有妈妈在身边，他又问：爸爸在哪儿？妈妈还是那句话：爸爸的工作忙。他理解了，忙工作就是很少待在家里。现在妈妈去了天堂，那里一定也有许多工作。

现在爸爸似乎不忙了。每天他一睁眼，爸爸就在厨房给他做早点，有时也从外面买回来。他叫“爸爸”，爸爸说：小满，穿衣服，洗脸。他是大班的孩子了，自己会穿衣刷牙洗脸了。走到厨房，爸爸把他抱到椅子上，他面前有好多吃的。可他还是想妈妈，他想，妈妈在天堂里有吃的吗？一想起妈妈，心里就温暖起来，一天就有了盼头。

现在每天放学，他见到的也都是爸爸。有几个小朋友爸爸妈妈工作也忙，一时来不了，他们就只能在教室里等，望着窗外，羡慕地看着别的小朋友被父母接走。现在爸爸不会让他等很久，每天都准时把他接回家。他盼着早点回家，从来没有这么急切过。回到家，他躲进自己的房间。爸爸给他端来水果和一杯水，告诉他在家里玩，爸爸还要去工作。爸爸走了，把家门从外面锁上。他早盼望着这一刻了，他从书包里拿出手机，他要给远在天堂的妈妈打电话。晚上，爸爸还没回来时，他就躺在被子里再跟妈妈说会儿话。和妈妈通话是他跟妈妈两个人的秘密，是他一天中最快乐的时刻。

自从和天堂里的妈妈联系上，他对书包里的手机异常珍爱。在他眼里，手机里装着妈妈。手机放在书包里，书包里就躺着妈妈。以前他都是把书包背在身后，现在上学放学，他都把小小的书包抱在怀里。书包里藏着他和妈妈的秘密。有秘密的小满是幸福的。

苦 恋

马晓雯是本市一所中学的化学老师。

马晓雯的父亲是警察学院的教授，母亲曾任团市委副书记，退休后当上一所幼儿园的园长。受父母影响，马晓雯从小就以成为一名教师为理想。

马晓雯上大学时专业是化学，和于浩然一个班。大二下学期结束后的暑假，马晓雯去麦当劳打工，发现于浩然也在那里。之前两人来往不多，仅限于上下课打个招呼，校园里遇见说句话。再就是一次在水房打开水，于浩然排在队伍前面，看见马晓雯提着暖瓶走进来，招手让她过来，站到了自己前面，仅此而已。在麦当劳打工让他们相互了解和靠近。马晓雯那时才知道于浩然家不在本地，在几百公里外的大山里。和马晓雯打工体验生活不同,于浩然打工是为了凑足下学期的学费。

赶上上夜班,下班时公共汽车都收车了,于浩然就要送马晓雯,马晓雯推托不掉,只得由他。麦当劳距马晓雯家不远,步行十几分钟。马晓雯在小区门口站定,转身对于浩然说:我到了,你怎么办?于浩然说:我自有办法,不用管我。说着挥挥手,很快消失在街道拐角。马晓雯后来发现,于浩然都是徒步走回学校宿舍的。

暑假留校的小部分学生,为方便管理,学校把他们统一安排住在几间宿舍。暑假不回家有几种情况:将上大四的学生忙着写论文,要在图书馆查资料;离家太远的不想折腾;再有就是像于浩然这种,家境贫寒,需要自筹下学期学费,留在这里打工。

放假期间,一到晚上八点,宿舍一楼大门就锁了。于浩然每天都回去得晚,每天都得爬树——紧靠宿舍楼有一棵树,三层楼那么高,一根大树枝伸向三楼公共洗手间的窗户,那窗户常年开着,于浩然爬到那根大树枝上,纵身跃入洗手间。当马晓雯知道于浩然每天都挑战这项运动,惊讶得睁大了眼睛。于浩然一笑:小意思,好多同学都这样。于浩然的乐观向上感动了马晓雯。

那个暑假结束后,他们就恋爱了。

马晓雯所受家庭教育既严格又传统,没什么不着边际的想法，不少人把这种状态叫作浪漫。许多女孩子把恋爱对象设定为高大英俊、年轻有为、家境殷实，到了抉择的关键时刻，家境殷实就提高到第一位。而马晓雯从小到大都没为吃穿愁过，也没为住房操过心，想象不出没钱的生活是什么样的。她对于浩然爱得自然、纯粹。以后的假期，马晓雯都和于浩然一起打工，快餐店、服装店等等，什么都干过。马晓雯把自己打工所得都给了于浩然。

有一次，于浩然牵着马晓雯的手走在大街上，仰起头望着天空说：晓雯，以后我有了钱，一定让你过上好日子。

马晓雯偎在他的肩膀上：我不要钱，我觉得这样就挺好。

于浩然摇摇头，攥紧了拳头道：晓雯，相信我，我一定会成为有钱人。

大四，许多人都忙着找工作，要么就找家单位先实习。化学专业的学生就业选择很窄，少数人去研究机构，多数人不是化工企业，就是中学小学。马晓雯想当老师，简历投给了一些学校。

寒假的一天，于浩然突然说他找到了一家公司实习。马晓雯很惊喜：太好了！什么公司啊？于浩然说出了“长坤制药公司”这个名字。

那会儿，长坤刚刚起步，公司还在郊区。马晓雯没听过这家公司的名字，但还是替于浩然高兴。

那个假期两人就几乎没见过面，每次通电话，于浩然都说公司刚起步,很忙,离市区又远,就不见面了吧。

新学期开学,基本上没什么主课了,于浩然偶尔在学校露个面,就又匆匆跑回去上班。

毕业后,马晓雯当上了中学老师,于浩然正式去了创业期的长坤工作。

于浩然认为,处于创业期的公司机会多。数年间,长坤从一家名不见经传的民营制药公司成长为全省明星企业,于浩然也果然从一名普通销售一变而为采购部经理,再变而为副总。于浩然对马晓雯说:包括王文强王总,我们都是创业者,为公司奠基的人。我们这样的人一共有十八个,号称“十八棵青松”。于浩然还跟马晓雯说:我是长坤元老,在长坤我有股份。马晓雯对股份不股份的没概念,也不感兴趣,但只要于浩然好,她就高兴。

于浩然不仅改变了自己的命运,也改变了家庭的命运。他花钱在老家为父母盖起了一栋小楼,在当地,他们是第一个盖楼的人家。

马晓雯随于浩然去过一次他的老家。火车坐到县城,再往前走只能租车了。车一离开县城便扎进了大山,走的是唯一一条连通外界的山路。车行约两三个小时,到达一个山坳,那里有一座村庄,村庄正中一栋鹤立鸡群的二层小楼,于浩然兴奋地指着那栋小楼说:这就是我家。

马晓雯在于浩然老家住了两天,开门见山,抬头望山,感到自己彻底理解了于浩然，她想，要是自己从小住在这里，也会不惜一切代价走出去的。旅行时望山看水是欣赏，长居于此，只有逃离的念头。大山里，年轻人都进城打工去了，村子里只剩下老弱妇孺。村街上，鸡鸭恹恹地走着，狗发出抑郁的叫声，炊烟笔直地向上飘，似乎也想从这里逃逸。大山困住了人们，也困住了他们的想象。于浩然老家的情形，长久地刻在马晓雯脑海里。

拿到毕业证后，马晓雯领于浩然见父母。两人到家，饭菜已做好，于是直接上桌。席间，两位长辈谁也没有询问于浩然的家庭、工作等情况。

饭后，于浩然帮马晓雯收拾碗筷、清洗杯盘。马教授看《新闻联播》，吴言坐在一旁织毛衣，偶尔抬起头看眼电视。《新闻联播》完了又看《天气预报》，然后，马教授才把眼镜摘下，放到茶几上，望着于浩然说：晓雯把你的情况说了。

于浩然正襟危坐。

吴言说：出身无所谓，只要努力，这个社会里就有你一席之地。

于浩然点点头。

马教授说：晓雯是我们唯一的孩子。

吴言说：只要晓雯认准的事，我们没意见。

于浩然很惊奇两位长辈的谈话方式，说相声一样，马教授上半句，吴言下半句。

马教授说：年轻人，一定要走正道，干成什么样子就看自己造化。

吴言说：工作是谋生的手段，家才是你的落脚点。

马教授说：晓雯是我们的寄托。

吴言说：从小到大我们没娇惯她，但也没让她受过委屈。

…… ……

马晓雯送于浩然出家门，于浩然望着马晓雯的眼睛说：我一定让你过上好日子。

马晓雯笑笑。听到这种话，她自然是高兴的。任何女孩子都爱听心爱的人海誓山盟。

于浩然说到做到。长坤搬到市区后，于浩然先是在市区买了房，一百多平方米的三室一厅，后来又买了车，十几万的德系车，不几年，换了奔驰。于浩然成功了，这些年，他的财富是和努力成正比增长的。于浩然现在是长坤举足轻重的人物。对于已经得到的，于浩然常这么说：这都是小意思。他为马晓雯描绘过，长坤发展下去，就会上市的，那时，自己就是上市公司的股东，会有花不完的钱。

马教授夫妇认为，如今万事俱备，两人该结婚了。其实他们并不认为非得万事俱备，才能结婚。可这对恋人却一副对结婚毫不上心的样子，让人着急。

老　师

马教授戴眼镜，温文尔雅，儒者风度。他四十多岁头发差不多就都白了，五十出头则已满头银发，从学养到外表，都很符合教授这一称呼。

本科法律系毕业后，马教授曾一度在省公安厅工作，因不愿在机关坐办公室，又考取了硕士生、博士生深造。博士生期间，他主攻方向为刑法，毕业后顺理成章到警察学院当了老师。到警察学院几年间，他就从讲师而副教授，又几年，当上教授。他发表了许多法学方面的论文，被同事尊称为“法学专家”。

马教授在省法学界拥有很高威望。作为法律专家，他曾参与省里一些重大决策的制定。作为法学和刑法专家，他经常有论文在重要刊物上发表，观点被内参引用，从而引起中央有关部门重视。甚至刑法改革时，他也曾应邀赴北京参与讨论。

几次学院调整班子，领导都曾亲自找过马教授，希望他能担任职务，马教授都谢绝了，表示一辈子只愿教书育人而已。

如今，马教授学生遍布市局、省厅，毫不夸张地说，在省公安系统中，是教父一般的人物。现任公安厅长正是他的学生，见面要恭恭敬敬喊一声“马老师”。

马教授桃李天下，且交游广阔，但从来低调，不肯炫耀。

马教授晚婚晚育，女儿马晓雯出生时，他已经三十八岁了。年轻时忙学习、忙工作，尤其是男人，想不到要孩子，甚至不觉得生孩子除了添麻烦外有什么好处。然而，年岁增长，对生活的感受、对生命的体悟随之加深，早年曾忽略、漠视的事物，显现出价值和意义来。三十八岁那年，马教授体会到了老来得子的滋味，那是一种荡漾在心底的愉悦。

马晓雯长到四五岁，马教授开始又当爹又当娘，因为吴言那会儿经常需要外出调研，照顾女儿的责任就都落在他身上。每天下午去幼儿园接女儿，看到女儿从幼儿园大门里向自己跑来，马教授都有一种迎接、拥抱新生命的感觉，一颗心都融化了。

马晓雯上小学了，辅导功课自然也由马教授包揽，因为没课、没会时，再没有职务，学院教师们几乎就是全然自由的。而这时候，吴言在团市委又当上了领导，经常加班、开会，对照顾他们父女俩基本有心无力。小学到中学，都是他一口水、一口饭，一路陪女儿过来的。

不负马教授苦心，马晓雯学习成绩一直很好。马晓雯本来有可能上北京的大学，填志愿时，马教授却小心眼了，他坚持让女儿上本省的大学。他离不开女儿，他要天天都能看到女儿。

马晓雯大学毕业，马教授也六十出头了。经学院领导研究，决定马教授延迟退休，报请省厅批准。很快，申请批了。如今，马教授继续当着教授。他现在只带研究生了，大课一年就上几次。偶尔他在报告大厅给全院学生做报告，能容纳上千人的大厅里座无虚席，不论新生还是高年级生，都不想错过当面聆听马教授教诲的机会。德高望重的马教授已进入人生的华彩阶段。

吴言几年前就退休了，却闲不下来。干了一辈子工作，闲在家里反而不会生活了。吴言说：年轻时没带过孩子，到老了，一定要把这遗憾补上。于是和几个同样退了休的朋友合伙开了家幼儿园，她自己出任园长，从早到晚和孩子们在一起，把时间和心整个都献给了别人家的孩子。

宋杰是马教授最得意的学生之一。宋杰的妻子杨雪曾是吴言的下属，宋杰和杨雪的婚姻正是马教授夫妇撮合的。一个星期天，马教授和吴言分别把宋杰和杨雪约到家里来吃饺子。饭后，吴言说：你们出去走走吧。两人就出去走走，自此开始了恋爱。

宋杰和杨雪老家都在外地,那些年很多节日,两人都是在马教授家度过的,有如亲人一般。小满到了入托的年龄,进的就是吴言开办的那家幼儿园,虽然宋杰有条件让孩子上更好的幼儿园。杨雪走后最初那段日子,小满也是由吴言和马晓雯代为照料的。至今逢年过节,宋杰也不忘带小满去探望马教授夫妇,实在没空,也一定要打个电话、发条短信问候一下。

宋杰因暴打肇事司机被开除出刑警队,马教授得到消息,马上找到高龙彬,指责高龙彬对宋杰的处分过于严厉:你们就是教条主义。省厅要求抓作风建设,你们就把宋杰当靶子!高龙彬本人也是马教授的学生,只能赔罪请老师消消气:如今我也没了办法,这是党委的决定啊。不想马教授犟劲上来了,扬言要找省厅领导反映意见。于是只好由宋杰劝马教授,说自己去长坤挺好的,收入比在刑警队还高呢。

马教授坚持:宋杰,就算你不介意,我也不能坐视不理,你是骨干,你离开是警察队伍一大损失。

宋杰说:老师,人挪活树挪死,我也想换个环境了。

马教授又说:要不这样,你读我的研究生,毕了业,我想办法把你留在警院工作。

宋杰无奈使出苦肉计:杨雪不在了,小满还需要我照顾,再读书没可能了。现在我最大的心愿就是把小满平平安安带大,其他也不想了。

马教授不说话了。

一旁的吴言听见宋杰这么说，眼泪掉下来了：小满太可怜了……揩揩眼角接着说：宋杰，你要是有事，别把小满一个人扔家里，送这儿来，我替你带。

宋杰点点头。

宋杰走后，吴言对马教授说：宋杰一个人带孩子也不是办法，咱们帮他再找一个吧，小满不能没个妈啊。

马教授很是赞同：那你留心着点，看有合适的赶紧给撮合一下。

吴言说：也不能太急。眼下宋杰肯定没这个心思，先看着吧。

孩　子

马晓雯怀念大学时的爱情。那时自己和于浩然都很单纯。

打工的日子，每个夜晚，于浩然送马晓雯回家，在路上，两人并不说什么，只是边牵着手漫步，边遥望天上的星星。

偶有车从身畔经过，于浩然护着马晓雯尽量往路边靠，等车过后再走。

在马晓雯家所在小区大门口分手后，于浩然站在原地，目送马晓雯走进去，直到望不到她的身影才走。有一次，马晓雯绕回来躲在一棵树后面，看到于浩然还在那里踮着脚张望,望了一会儿才转身,却仍一步三回头。马晓雯流泪了,她感到非常幸福:有这么个男孩一直陪伴在自己身边,想想心里都是暖的、甜的。那时,马晓雯每天一睁眼,眼前就浮现于浩然的身影,瘦瘦高高的个子,有些苍白的脸,戴着眼镜,眼神里有些怯懦。恋爱的人眼中,对方的一切都是勾人心魄的。马晓雯马上起床梳洗,巴不得即刻见到心爱的人。

于浩然去了长坤工作,草创的长坤连老板带员工只十几个人,在一座小镇上。马晓雯去那里看于浩然,要倒三趟公共汽车,单程近三个小时。两个月没见,技术员于浩然瘦了,也黑了。马晓雯看了心疼,劝于浩然说:要不咱们换家公司吧。于浩然安慰她:晓雯,我这是在押宝,长坤成了,我就是元老。我会得到原始股的。

最初那段时间,他们好久也见不上一面,只在晚上通会儿电话。后来,于浩然转做公司的销售员,偶尔捞到个机会进城,办完事,两人匆匆见一面。马晓雯感觉没说几句话,他就要赶末班车回小镇了。现在变成她送他。于浩然挤进车厢,费劲地挤到车窗前,冲她挥手微笑。一直到看不见车了,她才往回走。马晓雯难免想起打工的日子里他送自己回家的情形,心酸难言。

同学们陆陆续续传来结婚的消息。马晓雯也想结婚,于浩然说:现在条件还不允许呀,等我有点成绩吧。到时,我要把婚礼办得轰轰烈烈的。马晓雯不稀罕多么隆重的婚礼，她只想和于浩然天天在一起。

终于，于浩然跟着长坤进城了。那时长坤已非以前的小公司，开始招兵买马，转眼就有了几百号人，就在城里买下了一块地，盖起了办公楼，建了车间。

又过了几年，长坤进一步壮大了，成了知名企业，省市领导频频前来视察工作。就像于浩然说的，长坤的十几位元老各司其职，占据高位，其中，于浩然升任副总。

马晓雯为于浩然高兴，因为他实现了抱负；也为自己高兴，因为终于能和于浩然朝夕相处，成为真正的一家人了。

再次走近时，马晓雯发现于浩然变了，变得野心勃勃。当年单纯的学生，变成了社会上的“成功人士”。于浩然并不满足于眼下所得，他的梦想是把长坤搞上市，那他就是上市公司副总了，他手里的公司股份会让他身家几个亿。

还有些别的也不一样了。

发现于浩然吸毒，是一天晚上。于浩然说好回家跟马晓雯一起吃晚饭，马晓雯下班后便买了菜，早早赶到于浩然新买的房子里，把饭菜准备停当。可马晓雯发短信于浩然不回，打手机也不接。快半夜了，于浩然才回来，脸色疲惫，神情亢奋。马晓雯让他吃饭，他说吃过了，然后开始胡言乱语，说自己能和神对话，握过神的手，神的手又宽又大。又说自己是神派来的，来拯救地球的。

马晓雯以为于浩然喝多了，可他身上却没酒味。于浩然嘴里一遍遍喃喃说着莫名其妙的话，终于倒在沙发上。马晓雯扶他上床，闻到他身上有一股奇怪的味道。把他在床上安顿好，马晓雯关灯下楼，打车离开了。

第二天，于浩然给马晓雯打手机，笑问：昨天家里是不是来了田螺姑娘，桌子上怎么有饭菜呢？

他把昨天的一切忘得一干二净了。

后来，马晓雯几次从于浩然身上闻到那种古怪的气味，而且摸到了规律：与这种气味同时出现的，是胡言乱语，而于浩然眼睛里却呈现出无比的安详和幸福。

马晓雯终于忍不住：于浩然你是不是吸毒了？

当时于浩然不说话，只是笑，笑得格外灿烂，格外纯真。半晌道：什么毒，说得那么难听。这是跟神交流的工具。

马晓雯在于浩然清醒时又问他有否吸毒。于浩然矢口否认：别胡说，我怎么会吸毒呢。马晓雯直视他的眼睛，半晌，他躲开她的目光：是我们公司的实验药品，不是毒品。

马晓雯还没天真到他说什么她都信，她像写论文那样检索毒品的资料，书上查，网上查，确定吸毒后的表现与于浩然的症状无不吻合。马晓雯的心如坠冰窟。

马晓雯问：什么时候开始的？

于浩然怔一下，明白瞒不过去了：在小孤山镇时，偶尔学别人的样子尝一尝。他垂下头,像一个做错事的孩子。

马晓雯身体僵硬地坐着,拒绝于浩然的拥抱。

于浩然哄她,像哄母亲的小孩一样,发誓自己再也不会碰了。见马晓雯不为所动,流着泪跪在了她面前,骂自己没出息,抽自己耳光,愧悔之情溢于言表。

马晓雯终于抓住他抽自己耳光的手, 和他抱在一起,痛哭失声。于浩然赌咒发誓:我一定戒,然后和你结婚。

这一戏码后来不知重演了多少次。

马晓雯现在有点明白了,于浩然一再推迟结婚,就是因为他吸毒,他在挣扎,也试图自救。

他们的婚事,她父母催问过很多次了。马晓雯不是说于浩然忙,就是说我们还年轻,不着急。

吴言脾气急,催得次数多了难免压不住火气,火气上来就说:你这婚还结不结了?!不结拉倒吧!要么就是:干脆别结了,再谈一个!

马教授劝老伴:好好说,当妈的怎么能和孩子这么说话呢。

天天在我面前晃,晃得我来气! 吴言"砰"一声摔上房门。

马教授转而安慰女儿:你妈闹更年期呢,别和她一般见识。不过,晓雯,你们确实也该结婚了。

父母哪里知道, 马晓雯在等待于浩然变回以前的于浩然，不再让她感到陌生和害怕。

马晓雯发现自己怀孕了。她用早孕试纸试出来了，但不敢确定。犹豫几天，最终去医院做了检查，确定怀孕无疑。

还没有回过神来做决定，马晓雯就又发现于浩然吸毒。清醒后，于浩然又跪在她面前，让她抽自己耳光，她不动手，他就自己抽自己，耳光响亮，涕泗横流，誓言掷地有声。她望着他，失望且麻木。

一连几天，她不见他，发短信不回，打手机不接。

马晓雯狠下心，去医院做了流产。

那个未见过这个世界一眼的小生命，每次想起，马晓雯都异常伤心难过。

马晓雯在办公室批改作业，接到一个奇怪的电话，来自陌生号码。一个孩子的声音：妈妈，你出差这么久怎么还不回来呀？天堂好玩吗？

最初一刻，马晓雯觉得是哪个孩子打错了电话，要打给妈妈的，却错拨给了她。马晓雯问：你是谁呀？

妈妈，我是小满呀。妈妈，你忘了我吗？手机那端，孩子开始啜泣。

马晓雯的心一下软了，化了。

原来是小满。

她记得杨雪姐出事那晚，她轻轻推开自己房间的门，看见小满睡在床上，在梦中兀自哭泣着，小手一抽一抽地在动。

小满又问：妈妈，天堂在哪里，远吗？

她擦掉眼泪，久久才冲手机里的小满道：天堂在天边，很远，等你长大了，妈妈就回来了。她只能这样哄骗孩子。她相信，等小满大了会好起来的。

她半个月前和于浩然大吵一架，一赌气换了一个手机号码，谁知道阴差阳错，竟换成了杨雪生前用过的号码。她在心里说：也许这就是天意吧。

她想象着小满在手机那端的样子，心里潮湿一片。她想，要是孩子不打掉，自己就是真的妈妈了。手机里小满一声声“妈妈”，她整个人都一塌糊涂了，仿佛听见未曾谋面的自己的孩子的声音。

那以后，只要接到小满的电话，她便会躲到一个没人的地方和小满聊天。她的声音、语气越来越像杨雪姐了。小满放学是傍晚，那是她在办公室批改作业的时间。她接到小满电话便走出办公室，来到操场上。除了几个男生在操场上踢足球，其他学生都回家了，整个学校空空荡荡的，一切都安静下来。她在手机里安慰着小满，也鼓励着小满。同时，一遍遍地说：要听爸爸的话。天凉了要加衣服，多吃饭，少喝饮料。小满乖乖地一遍遍答应。挂断手机后，她心里既幸福又心酸。孩子这么小就失去了母亲。她又想到宋杰哥，又当爹又当娘的真不容易。

她曾跟母亲提过，让母亲再帮宋杰哥介绍一个女朋友。母亲说：杨雪走了不久，恐怕宋杰还不能接受。母亲说到这儿叹口气。

她几次欲把和小满通电话的事告诉母亲，又担心母亲说漏了。她不想让小满失去这点希望，这是一个孩子的梦啊。她把秘密藏在心里，为小满守护着。

有几次，她特意去幼儿园看小满，给他带去礼物，有吃的，有用的。小满一遍遍地说：谢谢晓雯阿姨。看到小满欢喜的样子，她心里却更加难过。

当天晚一点，小满就会在手机里说：妈妈，今天晓雯阿姨给我带礼物了，有我最爱吃的黑森林蛋糕，还有巧克力，还有一只毛绒小熊，我可喜欢了。妈妈，天堂里冷不冷，你出差时衣服带够了吗？妈妈，我好想吃你做的鸡蛋糕，爸爸不会做……妈妈，你快点回来吧，爸爸一个人挺累的……

她差点哭出了声，不知是为杨雪姐还是为小满，抑或宋杰哥。

她通过手机了解小满喜欢吃什么，玩什么，随后尽量满足他。

一个周末，宋杰带着小满来到家里。

宋杰对她说：晓雯，以后少给小满买东西，会惯坏的。

她笑笑，道：宋杰哥，你不用担心，杨雪姐在也会这么做的。

她意识到自己说漏了嘴，忙转头看小满。好在小满正沉浸于动画片。她松了口气:别客气,应该的。

宋杰说:等你结婚时,我再还你这个情吧。不许拒绝。

她情绪一下子复杂起来。她不再说话了。

以前她对爱情和婚姻抱有的幻想,现在都消散了。于浩然是起点,也是终点。

头 绪

宋杰和高龙彬再次在新来茶馆碰头。

几日没见,高龙彬看起来老了好几岁,鬓边多了几绺白发,眼睛密布血丝。

高龙彬声音里透着疲惫:出了内鬼,替人做掉苏林灭口。最可恶的是选在留置室下手,把锅甩给我们。

长坤采购员苏林拘留期间死在了留置室,一时间,所有媒体矛头齐指分局,结案之前,真是长了一千张嘴也说不清了。市局和省厅则紧盯高龙彬,要求尽快破案,给人民群众一个交代。

高龙彬接着说:出事当天与苏林有过接触的几个人,我们均已采取措施。目前,嫌疑最大的当属内勤王彪,出事前他给苏林送过饭,还说过几句话。情况已向市局汇报。

王彪以前干过外勤,后来年纪大了,腿脚又不大好,就转做内勤。

另外，高龙彬加重了语气，肇事司机家属那边有新发现，杨雪出事后，他小舅子账户曾收到十万元，小舅子取成现金，交给了刘大成的老婆，当时我们以为是刘大成小舅子自掏腰包。也就是说，现在可以从他家属那边突破。

不出意外的话，此时此刻，肇事司机家属应该到案了。高龙彬说着站起身，你的任务是盯紧长坤的王文强和于浩然，他们的一举一动你都要掌握。我已向市局汇报，市局在省厅做了备案，机场、码头，一律禁止二人出境。

宋杰在包间门口听见高龙彬和服务员打招呼后离开，几分钟后，他步出茶馆，直奔长坤。

宋杰倍感振奋。长坤从在山沟里收购中草药的小型公司变为省大型企业，费时不过数年，确有超乎常理之处，尤其在资金来源、资本积累方式等方面。那辆可疑的货车，曾是唯一的线索，可惜中断了。如今，杀死苏林的嫌疑人已锁定，撞死杨雪的肇事司机家属也已到案，看来，长坤涉毒一事即将水落石出。

宋杰开车驶进公司大门，看见王文强正站在保安室门口。他把车泊好，向王文强走去，远远叫一声“王总”。

宋杰在王文强面前站定：找我？

王文强看下表：是送孩子去了吧？

宋杰说：和幼儿园老师说了会儿话，耽误了一会儿。

王文强压低声音：我在等你，苏林家属在会议室里，你跟我来一趟，看看怎么处理好。

两人上到五楼，向会议室走去。

会议室位于该楼层中间位置。过了会议室，沿着走廊，是各位老总的办公室，王文强的在最东边，走廊顶头的地方，是个套间，外间办公，里间休息，设一张单人床，还有一间洗手间。

推开会议室的门，看见靠墙一侧的椅子上坐着一个二十多岁的女人，怀抱一个两岁不到的孩子。女人眼睛红肿，脸上湿漉漉地淌着泪水。

王文强拉着宋杰，在女人的对面并排坐下来。

王文强为女人介绍说：小孟，这是宋队长。宋队长之前是刑警队副队长，公安局那边他熟。这次苏林是在拘留所出的事，他们得给一个说法。

这句话仿佛触动了控制闸门的机关，女人的泪水滂沱地落下来。

王文强接着说：苏林的事，公司深感痛心。我们研究决定，不管苏林是怎么死的，责任在谁，公司先补偿你们家人，以免你们生活发生困难。一会儿你去财务把手续办了。苏林死在公安局，公安局推脱不了责任，后续我们会去要个说法。小孟，苏林是公司员工，我们一定会负责到底的。

小孟抬起头来，目光停留在宋杰脸上，哽咽道：宋队长，拜托了……我们家苏林是好人，他死在公安局，一定是公安局的人逼供把他打死的。苏林太可怜了，孩子太可怜了，一定得为我们讨个说法呀。

王文强一个电话打到财务，片刻，来了一个中年妇女，搀着小孟往会议室门外走。小孟走到门口，猛然回身跪下，额头“咚”的一声磕在地上：王总，宋队长，拜托你们了，一定要给我们苏林讨个说法呀，人可不能就这么不明不白地死了呀。她怀里的孩子惊醒了，哀哀地啼哭着。

宋杰忙上前一步，和财务室的中年妇女一起把小孟扶了起来。

宋杰回身，看见王文强在拭泪。

王文强递给宋杰一张纸：这是公司要求彻查苏林死因的函件，请你递交公安局。

宋杰扫一眼纸面，看见落款处盖着公司的章。他把函件收好：一定送到。

王文强叹口气，道：你也看到了，苏林家人多可怜。他家属没工作，全家靠苏林一人养活，苏林却不明不白死在了公安局。

此时此刻，媒体上铺天盖地都是关于苏林之死的文章和消息，其中不乏毫无根据的臆测，甚至谣言。结案之前，公安局这个黑锅都背定了，必须三缄其口，不做辩解。宋杰知道，这个时候，长坤公开要求彻查苏林死因，无异火上浇油。

父　亲

为于浩然吸毒，吵架已变得司空见惯。马晓雯劝于浩然戒毒，于浩然每次都一口答应，跪在马晓雯面前，一边抽自己耳光，一边信誓旦旦，说再不戒猪狗不如。然而过不了几天，就又被马晓雯发现吸毒，便又跪着抽自己，把毒誓再发一遍。反复几次之后，于浩然开始隔三岔五玩失踪，马晓雯明白，于浩然这是又吸了，躲着自己。

马晓雯还曾在于浩然毒瘾发作时把自己和他锁在屋子里，坚决不放他出去。于浩然先是磨她，继而跪着哀求，最后干脆发狂了。就像魔鬼附体一样，于浩然站上窗台，想要砸碎玻璃往外跳。马晓雯终于还是吓坏了，他们是在十层楼上啊，她扑过去抱住了他。

马晓雯打开门，于浩然一溜烟就消失了。她站在窗前，看他像病人似的佝偻着身子，钻进一辆出租车。

于浩然坐的出租车消失在车流中，马晓雯无力地靠在窗前，泪水汹涌。

既然无法靠他们自己戒毒，马晓雯便试图劝于浩然去戒毒所。于浩然这样回答：现在长坤是省市的明星企业，马上就要上市，我这时去戒毒，万一被人知道了，不是打长坤的脸吗?! 你想想结果,谁还会相信长坤?! 看着马晓雯将信将疑的表情,于浩然似有不忍。他走过来拥着马晓雯:忙过这阵子,长坤一上市,我就请长假,专心去戒毒。

马晓雯也曾逼问过于浩然哪儿来的毒品,退无可退之下,于浩然支吾道:长坤建了一个新合成车间,我是工程师嘛,就接触到一些化学制品。马晓雯吃惊地望着他。她知道化学是怎么回事:长坤生产毒品吗? 于浩然忙否定:你想哪儿去了,麻醉药,是麻醉药。为这张执照,王总跑了一年省里才批下来。我负责新药的生产。又补充一句:和别人没关系,他们都不知道。

马晓雯是个痴情又念旧的女孩子。戒毒闹剧一再重演,马晓雯感到身心俱疲,陷入绝望。当然,她想过和于浩然分手,也试图和他分手。可当她勒令自己不去见他,脑子里却都是他。她想他的好,他对她的好,以及他的不容易。

他们大学一起打工时吃快餐,每次他都给她买贵的,有肉的,自己买最便宜的。她把肉搛给他,他又搛回来,说自己上火,得少吃肉。

下夜班公共汽车收车了,他把她送回家。路过还亮着灯的冷饮店,他跑去给她买汽水或冰棍,也是自己不吃。一直送到小区门口才和她告别,目送她上楼再往学校走。第二天早上醒来,她都能看到他的信息:我到学校了,放心,晚安。时间几乎都是半夜。毕业工作了，有一次他跟她坦白，说有好几次宿舍楼那洗手间的窗被关上了，他不得不露宿校园，夏天就在草坪边的长椅上，冬天呢，只好去网吧。她埋怨他，他却说：我告诉你才不是要你可怜我。苦心志，劳筋骨，才能担大任，这可是古人说的。

她去小孤山镇看他，远不说，到了地方一看，就一溜儿平房，大多塞满中草药，连宿舍也是一股很浓的中草药味。她劝他：这和专业一点关系也没有啊。再说了，条件这么不好。再找别的工作吧。可他说：王总说能给我落户口，再等一等，我们就能踏踏实实在一起了。创业哪有不艰苦的，我能忍。

后来他来看她，走前必定把一只信封塞给她：我这个月的工资，你收好。这些年，上交工资已经变成了习惯，如今，副总于浩然，还是每个月把大部分工资交给她。她不动他的工资，连同以前他给的那些，都存入了他俩的联名账户。结婚的时候再用。她曾经想，带着几分憧憬。

于浩然瞒着她把房子买好，装完修，才把她带到新房门口，钥匙交到她手上：这是咱俩的房子。她看过房子，他取出房产证，展开，上面写的是她的名字。

不吸毒时，于浩然就是一枚模范男友，带她去看电影，去高级餐厅，每次都点一堆根本不可能吃完的好吃的。他笑着：晓雯，我就是要让你过上好日子，我说过的。

确实，他说过。她第一次带他到家里见父母，送他出门时，他也是这样说的。他兑现了自己的诺言，然而，却用吸毒来折磨她。

以马晓雯这些年所见所闻，不少男人在经济状况或身份地位改变后心也变了，于浩然难能可贵地没有变，除了吸毒这一点。她是多么愿意相信他能戒毒啊，一次次原谅，一次次盼望，可等来的还是吸毒的好男人于浩然。

这么多年的感情，哪里是说断掉就能断掉，说割舍就能割舍？他给她打电话，她能忍住不接，可她给他打电话，却忍受不了他不接——他是不是出什么事了？于是一次又一次，马晓雯回到于浩然身边，有如一只扑火的飞蛾。

左冲右突，兜兜转转，马晓雯在于浩然这张网里越陷越深。

"结婚"是马晓雯越来越怕听到的字眼，她感到越来越难以在父母面前掩饰和自圆其说。母亲还好，一来心粗，二来幼儿园的事务分去了她一大部分精力，虽然想起来就唠叨，忘得倒也快。父亲则很难应付。自己是父亲一手带大的，太了解自己，也太关注自己，自己的心事从来瞒不过他。马晓雯甚至觉得父亲和自己之间有一种奇妙的心灵感应，自己任何情绪波动都会迅速传递过去。

那么，父亲该有所察觉了吧？但他应该猜不中那个残酷的答案。

有几次，马晓雯无意中与父亲视线相接，父亲眼中有质疑，有怜爱，还有些别的什么。父亲不说话，就那么望着她。她觉得那目光就是在说：晓雯，你怎么了？马晓雯装作不懂，顾左右而言他。

辗转反侧的夜里，马晓雯在黑暗中张着眼睛，为她和于浩然无限期延宕的婚事徒劳地打捞一个拿得出手的理由。

真是怕什么来什么。马晓雯刚进门放下包，就接到一个电话。这个电话是一份再婚请柬，大学同学打来的。毕业后，大学和高中的男女同学陆续都结婚了，马晓雯当伴娘的次数都快数不清了，到如今，未婚的仅剩了她一个。面对同学的追问，最初她还解释，后来只能含含糊糊敷衍过去，渐渐的，婚礼也懒得去参加了。尤其知道于浩然吸毒后，更是避之唯恐不及。这次，她找了一个借口，很干脆地拒绝了。

挂掉手机一回头，父亲正站在厨房门口看她，双手湿漉漉的。

马晓雯甚至不敢与父亲对视。她说：妈还没回啊。今天作业多，我先批作业，吃饭叫我。匆匆走进自己房间，掩上房门。

马教授轻轻推开马晓雯的房门。马晓雯坐在书桌前，却并没有摊开学生作业，而是望着窗外出神。

马教授说：你和于浩然，到底怎么了？

马晓雯肩背一抖,回过头来,用一种受到惊吓的眼神望着父亲。

马教授索性在书桌旁的床沿上坐下来:到底怎么了? 告诉我,我是你爸爸。

马晓雯张了张嘴,却什么也没说出来。

到底还是被父亲察觉了。马晓雯知道,能“安全地”说说这件折磨自己很久的事的人,只有父母了,甚至只有父亲一个,但她怎能将他们也拖进痛苦的沼泽?

马晓雯紧闭嘴唇,告诉自己坚决不能说,可眼睛却不争气地涌起了雾,雾结成了云,云越来越沉,直到她的眼睑再也支撑不住,变成大雨落下来。

马晓雯扛不住了。她突然抱住父亲,把脸埋在父亲膝盖上,失声痛哭。

搞刑法的人或多或少都懂一些心理学,也善于观察和分析。马晓雯情绪异常,马教授早就注意到了,而且判定她与于浩然之间出了状况。忍了很久都没开口问,是不想过多干涉女儿的生活,他觉得女儿大了,应该能照顾好自己,也应该能处理好情感问题。但马晓雯最近越来越频繁地情绪不佳,以至于像是变了一个人,使他从担心变成忧虑,又从忧虑变成如坐针毡的焦心。毕竟,马晓雯这个独女是他的精神支柱。

马教授设想过很多可能,很多小儿女可能有的感情纠葛,独独没想到会是吸毒。

马晓雯把于浩然领进门,马教授夫妇是认可的。他们是开明的父母,懂得尊重孩子的选择,不会横加干涉。他们也知道看一个年轻人,品性是第一位的,出身次之。最重要的,他们爱女儿,也就爱女儿所爱。所以对于浩然,他们既不嫌弃他家在外地,也不嫌弃他家境贫寒。况且,据他们观察,于浩然这孩子身上确实有女儿所说的能吃苦、求上进这些品质,这让他们感到放心。

于浩然的表现也可圈可点。于浩然所在的长坤搬到城区后,他经常来家里,每次都不空手,从牛奶、鸡蛋到时令蔬菜,虽非贵重,却也丰盛,足见他的细心周到、孝顺体贴。而且,每次来,于浩然必亲自下厨。

家里的厨房向来是马教授的地盘,打从和老伴结婚起,就是马教授打理一家人的饮食。马教授不用坐班,在家里时间长,便于做饭,再说,他乐于看到马晓雯有滋有味享用自己烹饪的饭菜的样子,时间久了,真就练出了一手好厨艺。于浩然的厨艺也不错,对于未来女婿和自己有相同的特长,他感到很得意,也很欣慰,毕竟这样一来,女儿婚后就可以继续享受在娘家的待遇不变了。

于浩然说:我从小就做饭,父母下地,我就做好饭等他们回来吃。

马教授夫妇为女儿能找到于浩然这样既朴实又能干的

男朋友而高兴。

马教授了解社会的复杂和险恶，但不曾料到于浩然这样的老实孩子会被毒品侵染。

马教授神色凝重，一言不发。

马晓雯一吐心事后显然轻松了一些，她擦干眼泪，转而安慰马教授：爸，浩然说了，他会戒的，为了我也要戒。

马教授双眉紧锁：但是没戒成，是不是？

马晓雯垂下头。

马教授拉起女儿，让她在椅子上坐好，和自己面对面，严肃地说：你有两个选择，一是离开他，二是把他送到戒毒所去。省里戒毒所的王所长我熟，我可以给他打电话。

马晓雯说：爸，他不能去戒毒所，他说了，这会连累他们公司上市。而且，一旦让人知道，浩然就毁了。他怎么做人？我也没法做人了……

马教授捧住女儿的脸，让她看着自己的眼睛：不去戒毒所，你就离开他，好吗？

马晓雯的泪又扑簌簌落下来：爸，我试过的，我离不开他……浩然除了吸毒，没有别的缺点。而且，他打拼这么久，很不容易……

马教授看着泪眼婆娑的女儿，心疼不已。为什么偏偏是可怕的毒品？

马教授遇到了一生中最大的难题。

从这天起,马教授失眠了。

他不敢把这件事告诉老伴。吴言是个直性子,让她知道,只怕这件事就失控了,最后,最受伤的恐怕还是女儿。他也不忍心让吴言知道,毕竟岁数大了,气急可能伤身。再说,吴言正如马晓雯一般的单纯,他不愿意妻子承受自己这样的焦虑。

在他看来,最明智的解决办法莫过于马晓雯与于浩然分手,一个人痛苦总比两个人都痛苦强。他知道这未尝不是自私的选择。但戒毒何其艰难,倘若吸毒者自己没有决心或者意志力稍差,都是不可能的事情。只要戒不了,毒品会把人引向何方,他见过的事例太多了……

他寄希望于女儿做出明智的选择, 只要女儿能下定决心,就不怕于浩然死缠烂打,那些事情他都能替女儿解决。所以,这以后几乎每天晚上,他都陪女儿外出散步,躲开老伴,帮女儿分析,掰开揉碎了地讲。

无奈马晓雯总是想不通透,总是执着于情,自我折磨。她甚至认为和于浩然分手是一种背叛,不但背叛于浩然,也背叛自己。

这个道理马教授是知道的:一个人越是单纯,就越可能执拗。马晓雯对感情的理解符合她一直以来所受的教育,而不全然符合生活的实际。等她真的见识到一个吸毒者的末路,她可能会做出那个明智的选择——在饱经磨难之后。但也很可能，最终她都做不出那个选择，那么，她会不会和于浩然一同毁灭？

此时此刻，马教授突然无比地痛恨自己，痛恨自己为什么没有能看穿于浩然前世今生的一双火眼金睛，以至于让女儿就要葬送在与他的纠葛中。

马教授单独约见于浩然。他选择上班时间，在长坤附近一家茶馆里给于浩然打手机。于浩然很快接听，叫了一声“爸”，叫得那么自然，那么亲切。记不清从什么时候起，于浩然就改口叫他“爸”了。

于浩然每次来家里，忙前忙后，一口一个“爸”“妈”地叫着。如果不吸毒的话，他真的挺讨人喜欢。

马教授说：不忙的话，你就出来一下。

只几分钟，于浩然就到了。

于浩然神态自若：爸，有事？

等于浩然时，他有一肚子话要质问他，这时见于浩然没事人一般，什么也说不出来了。

马教授沉吟一下，说：路过，歇歇脚，想起你来了。

于浩然一脸歉意：爸，我好些天没回家了，让您和妈惦记了。然后为他倒茶，然后正襟危坐，双手放在膝盖上，身子前倾，一副洗耳聆听的恭敬表情。

马教授突然理解马晓雯了，理解了女儿的无奈和无力。

他跟于浩然聊了几句工作,就说该走了。

两人一起步出茶馆。于浩然伸手拦下一辆出租,拉开车门,扶马教授上车。

马教授隔着车窗向于浩然挥一下手,于浩然灿烂地微笑着。

那一霎,他甚至想,大概吸毒也不会怎么样吧。说到底,吸毒和吸烟有什么根本区别呢。

马教授无意识地掏出烟,取一支叼在嘴上。

师傅,车内不能吸烟。他抬起头,在后视镜里和司机四目相交,司机正一脸严肃地盯着他看。他醒悟过来,收起烟:不好意思。

谜　踪

长坤制药公司位于静海区中心一个相对僻静的地方。入夜之后,隔壁一家大型综合商场依旧人流如织,乐声喧天,相比之下,长坤院内安静到了冷寂的程度。

站在保安室窗前,宋杰望着办公楼。

这是长坤自建的一栋十二层楼房,三四五层办公,一二层用做库房,五层以上则空置着。据宋杰观察,进出办公楼必须经由一楼大门,此外别无通道。公司管理人员总数不多,几乎全部集中在这里办公。来了一段时间,面孔差不多宋杰都烂熟于心了,至今未见可疑之人。

宋杰刚到长坤时曾想去看看五层以上有些什么,可电梯到五层就不再上行,而通往六层的楼梯由一道铁栅栏封住,栅栏上的门终日锁着。宋杰问王文强五层以上的用途,需不需要就“三防”进行检查。王文强说:那上面都没装修,就不用查了吧。还解释:原本也打算把上面的空间出租,但公司领导层有人反对,嫌太吵闹,就闲在那儿了。不过,公司还要壮大的,将来总能用得上。

宋杰多次观察五层以上的那些窗子,无论白天、夜晚,都是静悄悄的,没有灯光,也没有人影。

大院的地是按照厂房的地价统一拿下的,办公楼后身就是制药车间,装配着先进的生产线,制药工人几百名,实行三班倒,彻夜灯火通明。车间人来人往,眼多嘴杂,况且药监、工商、环保、消防等监管部门的人定期不定期常进常出,再胆大心细之人,也不会选择把秘密藏在这里。

那么,那个秘密到底藏在哪里?

人头攒动的会议室里,王文强正在讲话:……绝不辜负各级领导对我们的信任。此外,我们长坤虽然是民营企业,也要承担起社会责任……

会议室里爆发出一次又一次的热烈掌声。

王文强是人们这些年从报章上读到过的成百上千杰出民营企业家的一个缩影，一个敢想会干的创业者，一个脚踏实地又胸怀远大的实业家，总之，一个几乎注定会成功的成功人士。

作为明星企业领导者、制药行业领头羊以及省人大代表，王文强前不久在省人大会议上做出提案，呼吁药企加快创新步伐，赶超世界先进水平。他说：中国药企落后，根本原因在于研发能力不足。在他带领下，长坤率先成立了研发团队。他还花大价钱从瑞士引进一条最先进的乳腺癌疫苗生产线，不等投产，就在行业内引起了轰动。这些天，各大药企领导、老板陆续率队来长坤考察。

多年来，秉持王文强"把人才作为重中之重"的方针，长坤形成人才济济的局面，实力迅速增长，目前正在向全国业界知名的大企业迈进。眼下长坤正准备上市，手续基本齐备，就差证监会批了。

王文强不仅善于延揽人才，更能留住人才。如长坤骨干或多或少都持有公司股份，股份成为评价体系和奖惩制度一个重要的杠杆。这方面他的经典语录是：长坤不是我一个人的，是大家的。再如长坤员工的工资，比同级别企业高出两档不止，其他待遇也要好不少，为此，托人找关系想跳槽来长坤的人源源不断。

王文强作风亲民，善于体察下情。每天早早到公司，他先各部门转一圈，见到普通员工也主动打招呼，偶尔还聊上几句，了解员工工作、生活中的实际困难，并帮助解决。宋杰还听说了这么一件长坤员工交口称赞的事：两个月前，销售部老刘查出了癌症，王文强得知，在会上当即拍板，要送老刘去国外接受最好的治疗。他组织员工捐款，自己带头掏了五万，短期内筹集到几十万，将老刘及其家属送上了飞机。不仅如此，王文强还定期与老刘越洋视频，嘘寒问暖，让老刘一家和全体长坤员工都很感动。也有资格比较老的员工说，创业之初，长坤亏损，靠贷款度日，不管多么困难，王文强也没亏欠过员工。

王文强尊重、爱护员工，员工也拥戴王文强，长坤上下很是团结齐心。

作为领导，王文强干事业的能力是有目共睹的。白手起家不说，一路走来，一个民营企业可能遇到的困难长坤也都遇到过，但只要王文强出手，就都迎刃而解。

王文强为人还很朴素。就说他的车，是辆旧七座丰田，有年头了。他总是把车擦得很干净。常有员工跟他说：王总，该换车了啊，换成奔驰、宝马，也为咱们长坤长长脸。他一边仔细掸去车身的灰尘，一边说：你们可别小瞧了这车，咱们长坤初创时期，它可是立了大功的，人货全都拉。就这么分手，我还舍不得呢。

王文强五十出头，脸孔白净，衣衫整洁，嗓音不高不低，说话不疾不徐，文质彬彬的知识分子形象。他是医学院出身，早年在市人民医院当医生，后来下海办起了长坤。到现在，他也还保持着医生的某些习惯，例如很爱干净，外出归来都先洗手。

以他目前的身份、地位，王文强简直算得上没有嗜好的人，偶尔抽烟，几乎从不喝酒。

所以每有宴请客人的场合，王文强就找几个能喝酒的员工来作陪。初结识的客人是要劝的，有时还要强劝，但王文强从不妥协，说是医药从业者的原则。久了，大家就都知道，再不过分勉强。桌上觥筹交错，独王文强笑语相陪，最后众人皆醉，他还是完全清醒的，就由他负责清场，安排人车，把客人体贴周到地送走。

这种宴请多设在长坤食堂，办公楼地下一层，专为待客开辟了几个单间。接待来视察的领导亦不例外，算是长坤一个特色。王文强这样解释：在我们食堂吃，绝对的安全卫生。食材、酒水都是专人采买，主厨呢，都有特级厨师证。大家放心吃，放心喝。

宋杰偶尔在侧，听到这里，心下接道：是啊，就连我这个保安队长也都是前刑警大队副队长呢。

企业家王文强的日常简单到乏味的程度。

除了出差，王文强每天都早早到公司，常常最后一个离开。倘若下班时已届饭点儿，就在食堂凑合，和加班的、单身的员工边吃边聊，甚至和保安们一起吃。保安们常说，像王总这么朴实低调、平易近人的领导，可太少见了。

下班后，王文强开车离开长坤，几个路口后右转，接着直行，再几个路口后左转，进入他家所在小区。该小区在本市属中档，毫不起眼。车过小区大门，直接驶入地下车库。那辆旧丰田会一直待在那里，直到次日早晨，才又驶出车库，开往长坤。日复一日，几乎天天如此。

宋杰连续盯过近一个月，毫无所获，直有一种目标人物设定错误的恍惚。

人设完美无瑕，行迹无可挑剔——难道王文强是局外人，于浩然所做他一概不知？

然而，经验告诉宋杰，在罪案中，正常和合理常常就是用来掩盖真相的，一个人看着越是正常，就越可能是危险的、可怕的。对王文强这个人，宋杰隐隐有一种感觉，就是他其实心思极为深沉，自制力也强，倘若他存心隐瞒你什么，就是天塌下来这等大事，你也不会从他脸上看出任何端倪。

在长坤年轻的副总们中间，于浩然是最突出的一个，算得上王文强的左膀右臂，与之过从最密。

于浩然大学实习期就投奔了还在小孤山镇的长坤，受王文强赏识，从乳臭未干的实习生一直干到副总，是长坤的元老之一。人们都说，对于长坤的发展壮大，于浩然是立下过汗马功劳的。这一点，从王文强和其他高管对他的态度上，就能略窥一二。

恶　棍

于浩然明白自己今天一切所得，是以巨大代价换来的。

最初于浩然到长坤，仅是为了一个实习机会。那会儿，长坤在远离市区的小孤山镇，规模又小，连实习也没人愿意去。可于浩然要在这座城市站稳脚跟，需要在毕业后有一个单位接收他，与其他人相比，他选择余地不大。他在打工时看到长坤的招聘小广告，按照广告注明的地址找到小孤山镇来。看到整个长坤才十几个人，于浩然倍感失望。

自然，那时于浩然还不知道长坤的秘密——在小孤山的山沟里，有一个极为隐蔽的山洞，王文强他们在那里生产摇头丸和冰毒。这个山沟里面鲜少有其他人来，王文强他们把公司就设在沟口，前哨一般。长坤的合法生意是收购、加工中草药，山坡上也租了块地搞中草药种植，以为掩护。

于浩然的目的是挣钱和留在这座城市，这点王文强了然于心。王文强说:那我再帮你找个出路,换个工种呗。于浩然走进了生产冰毒的山洞。此前,王文强他们生产的冰毒质量不过关,于浩然是学化学的,王文强是把他当技术人才引进了。

于浩然得知要自己参与合成毒品,既震惊又恐惧。

王文强说自己也不想干这个,是现实逼的。立起一家制药公司谈何容易,从车间、设备到人员、配方,都需要钱,没有钱寸步难行。王文强指着山坡上的中草药田对于浩然说:靠这个起家,纯属他妈的扯淡。王文强读过不少成功企业家传记,也不知怎么就让他悟到一条“真理”:每个成功企业家在创业时都走过一段不光彩的路。王文强和长坤几个人商量,想出一条“以毒养药”的路来。他说:积累出原始资本后,就生产特效良药济世救人。

王文强许诺于浩然短时间内挣到许多钱,不用像其他穷小子一样,打拼很多年才能在城市立足。

甫出校门的于浩然毕竟单纯,被王文强说得心动了。

于浩然没多久就有了毒瘾。因为王文强要求他亲自试用这些毒品,以把握纯度和效果,“就像厨师品尝自己烹饪的菜肴一样”。作为工程师,要对自己的产品负责任啊。王文强说。于浩然就尝了,然后把体验反馈给王文强。意识到这是王文强狠毒一计,既拉自己下水,又让自己永不背叛,他已经无力回头。

于浩然震惊于自己对毒品、对社会的无知。他走进王文强只十来平方米的小办公室,要求他放自己离开长坤。王文强让他坐下:小于,你来多久了?

于浩然说:五个月了。

下月你就实习期满,也该毕业了。王文强盯着于浩然的眼睛,如果你继续在我这儿干下去,我立马帮你解决户口问题。

在这座城市落户是于浩然梦寐以求的。他要留在这里,这里有他的梦想。从告别大山深处的村庄来到省城起,他就下定了决心,再也不会回去了,因为他憎恨家乡的贫穷、闭塞,也因为他爱上了城市的繁华。况且,现在他在这里又有了爱情。他做好了最坏的打算,先找一家接收他的公司,把档案关系放到人才市场,然后“漂”在这座城市里,许多师哥师姐都是这么过来的。

于浩然呼吸有些急促。

王文强观察着于浩然的神色:毕业就落户在省城,你的好多同学都做不到吧?

于浩然点点头。

王文强又说:公司现在刚刚起步,我保证不出两年,咱们就搬到城里去,然后会成为让人羡慕的大公司。这样,你还愁没有前途吗?

于浩然犹豫不决。他望着王文强。眼前这个人看着温文尔雅,却做着恶棍才会做的事。

王文强揣摩到他的心思:你以为我愿意做毒品吗? 但凡有办法,谁愿意碰这个? 现在做正经产品根本维持不了公司的运转。没后台,又想干事业,怎么办? 咱们的处境不是一样的吗? 做毒品是暂时的,将来咱们有钱了,就做特效药,十倍百倍地救人,十倍百倍地赎罪。

于浩然知道,关于公司的情况,王文强说的是实话,挣钱的只有毒品,其他产品都在赔钱。但制毒是重罪,轻则坐牢,重则枪毙。他真的不敢再干下去,不敢再吸下去:我实在是怕有一天东窗事发。

王文强收了笑意:天塌了有高个儿顶着呢。我是法人,责任由我来负。

于浩然多少懂些法律, 知道不像王文强说得那么简单。他小声说:王总,还是让我走吧,我绝不会说出去的。

王文强脸上的肉抽动了两下:你说不说就不说了? 你知道公司这么多秘密,能说走就让你走了?

于浩然终于意识到,自己泥足深陷,难以自拔了。

王文强洞察到这个年轻人的意志已然崩溃, 趁热打铁道:我说到做到,你马上就会有公司股份。我也向你保证,几年之后,你就是上市公司的副总。

几天之后,王文强就变更了股份,于浩然只是跟随会计去了趟工商局，回来后就成了股东，拥有长坤百分之六股份。

毕业典礼一结束，王文强就告诉于浩然，他可以把户口落在本市了。他按照王文强的指示办理，真的就成了省城人士。不久他得知，王文强给自己落户是花了一大笔钱的。

一切来得太快，快得就像在一场梦中，只不过有点像随时会大汗淋漓惊醒的噩梦。

于浩然已经看清自己是如何一步一步走进王文强布好的陷阱的。他缺钱，王文强说他可以调岗到山洞那边，实习工资每月一千多，而那边每月能拿到一万五；他渴望留在省城，王文强就替他解决户口；最狠毒的就是引诱他吸毒上瘾并以此相要挟。他被捆绑在王文强和长坤的可怕秘密上了，越想挣脱绳索就越紧。他恨自己缺乏社会经验，也恨自己意志薄弱，一失足成千古恨。

于浩然害怕坐牢，害怕判刑，但最害怕的还是马晓雯知道他堕落了。马晓雯对自己的爱是纯洁的，不会因为自己有钱或没钱就选择或放弃自己，明知如此，自己还是鬼迷心窍地迈出了那一步。每次服食下毒品，他第一个念头就是对不起马晓雯，眼前就浮现马晓雯清澈无瑕的目光，心就忍不住打哆嗦，直到意识被毒品带来的幻觉淹没……

单从“信用”的角度看，王文强确实言而有信。不到两年，长坤真的搬到了城里，他买下一块地皮，建了厂房，并在旁边盖起了一栋气派的办公楼。此后，长坤经招兵买马，迅速壮大，成为今天的拥有几百名员工的著名大企业。

既然长坤的招牌是生物制药公司，就得生产药品，还得大规模生产。长坤的合法产品囊括中西药，但仍旧不靠药品挣钱。于浩然对制药一窍不通，但此时也看得明白，制药行业内的竞争非常激烈，监管部门对待药品的审批极其严格，王文强为拿到那些药品的批号，掷钱开路，买通关系，一路披荆斩棘。也是直到那时，于浩然才对王文强的野心和活动能力有了充分了解。

于浩然明里是主抓生产的副总，实际负责的却是研发毒品和管理地下生产线。长坤现在生产的不再是摇头丸一类小儿科毒品了，而是一系列新型化学毒品，依据市场需求，还在不断升级。

从小孤山镇搬到城里前，王文强他们对新建办公楼进行了秘密改造。地下室原有电梯井和楼道部分被封死，墙壁作隔音处理，不显山不露水地建起了一个地下车间。地下车间另开一个出入口，经由一段暗道与四通八达的人防工程相连。同时，在毗邻公司的综合商场地下二层，他们以长坤的名义买下一爿商铺，挂上药品直营点的招牌。装修商铺期间，暗中在商铺后身的仓库也开一道暗门，同样经由暗道与人防工程相连。两头暗门开闭均由磁卡控制，于浩然亲自管着磁卡。仓库暗门前平时堆满成箱的药品以为掩护。制作毒品的化学制剂在直营点下班后偷偷放进仓库，混在装药品的纸箱中间，伺机搬运至地下车间，制成的毒品则直接包装为药品，先放到仓库里，直营点上班时从商场正门转运出去。也就是说，综合商场的长坤直营点其实就是接收毒品原料和外运毒品成品的据点。这个秘密只有长坤几个核心人物掌握。知道的人越少越安全。王文强曾多次在几个人的秘密会议上强调这一点。

在他们看来，这条制毒运毒的路径是安全可靠的。

一年前，宋杰盯上他们外运毒品的货车，让这几个人坐立不安。宋杰从城里一直跟踪到城外，尾随着进了山，当时是于浩然用手机遥控司机在山里兜圈子。王文强和于浩然紧急商议的结果是指使人针对宋杰家人制造一起车祸，围魏救赵。车祸制造成功后，宋杰不得不放弃跟踪赶回城区，货车趁机逃脱，他们侥幸躲过一劫。从那以后，他们的行动更加小心、隐蔽了，毒品化整为零，先运到城外，再用货车集中运走。

于浩然越来越清楚地知道，凡是踏进这个圈子的人都是走不脱的。王文强是绝不会让自己把秘密带出去的。此外，他在这条路上走得太远了，明白自己的罪有多重——他也查询过刑法，衡量过自己应受的刑罚。他没有回头路了，只能乘着王文强这条船往前行，走到哪儿算哪儿。几乎每一天他都如坐针毡，提心吊胆，只有吸食毒品之后，焦虑才能获得暂时缓解。这些年他都没勇气和马晓雯结婚，就是因为害怕有一天他乘的船翻了，殃及马晓雯。

于浩然深爱着马晓雯，越是爱，越是怕伤害她。他不能和她结婚，能做的只有在物质上给她更多。他买房子、储蓄都写马晓雯的名字，自己名下分文不留。他徒劳地用这种方式去赎罪。

于浩然想尽一切办法拖延他和马晓雯的婚事。最初说是事业刚起步，太忙，想再干几年再说。几年过去了，表面上看，他已经是个标准的成功人士，实在找不到理由了。随着他毒瘾越来越深重，终于被马晓雯发现了端倪，赖不掉，他只能承认自己吸毒……

那以后，于浩然多次狠下心戒毒。毒瘾犯了，他让马晓雯把自己绑在床上。毒瘾发作让人生不如死，浑身上下似有千万只蚂蚁在皮肉里钻，鼻涕眼泪都下来了。于浩然开始求马晓雯放开自己。最初马晓雯坚持着。于浩然挣扎得身上的绳子勒进了皮肉，流出血来。他哀求着：放开我吧晓雯，我要死了，就吸一口，就一口。她不忍心看他这样，便把他放开了。

发现于浩然吸毒后，马晓雯也再不提结婚的话题了。有许多次他们抱在一起痛哭失声。他们也许永远都不会结婚了。他们能做的只是一起回忆初恋时种种美好，可那似乎都是很遥远的往事了，且越回忆心越痛。

约 定

小满心底充满了希望。

宋杰接他从幼儿园回家，他一直安静地坐在后座上，突然问：爸，十年是多久呢？

宋杰一怔：十年是三千六百五十天。停了一下补充道：十年后你就是大小伙子了，上高中了。

小满想象着十年后自己的样子。妈妈在电话里对他说，十年后自己就回来了。

妈妈让他听爸爸的话，听老师的话。妈妈还说回来时会给他带好多礼物。

小满一闭上眼睛就是妈妈离开那天的情形。

妈妈眼睛会笑，做饭喷香可口，睡前故事讲得引人入胜。前一晚他听故事时睡着了，没听到结尾，可在梦里却梦到了结尾。一大早，妈妈把他叫醒，他爬起来抱住妈妈：妈妈，我梦到结尾了，那条冻僵的小鱼又复活了，还生了许多鱼宝宝，它们在水里游哇游，最后都长大了。

妈妈给他穿衣服，笑着说：小满真棒，自己都会写故事了……

然后就是幼儿园放学，他看到妈妈从马路对面向自己走来，突然，妈妈就飞了起来。

很长一段时间，他的梦总是重复妈妈在马路上飞起来的画面。

妈妈是飞走的。

他望着天边，那么高，那么远。

回到家，爸爸从冰箱里拿出一盒酸奶、一只苹果放在他面前，说：爸爸还要去上班，晚上给你带好吃的回来。

他点点头。

爸爸出门了。他听到爸爸锁门的声音，随即听到楼下汽车发动的声音，他钻进自己的房间，从书包里拿出手机。和妈妈通话的时间到了。

也有几次，他拨了好几遍，才听见妈妈喘着气的声音，妈妈说：对不起小满，妈妈刚才有事接晚了。

小满松口气：妈妈，我真怕你飞得太远，接不到电话了。

妈妈在电话那端笑起来：多远都接得到的，小满放心。

这次像大多数时候一样，手机一拨就通，就听到妈妈温柔的声音。小满还听到汽车喇叭声，嘈杂的说话声，他问：妈妈，天堂里也有好多人好多车吗？

妈妈笑着说：天堂和咱家那边差不多的。

小满说：我问爸爸了，十年就是三千六百五十天。妈妈，十年真的好久，我都等不及了。

手机那端静默了一小会儿，道：小满，记住我跟你说过的话，咱俩打电话是咱们两个人的秘密，不能让别人知道，也不能让爸爸知道哟。

小满说:妈妈,我一直记着呢。

妈妈又问他穿得暖不暖,吃得好不好。

小满委屈得眼泪都快掉下来了:爸爸每天从食堂给我打的饭一点也不好吃。妈妈,我好想吃你蒸的鸡蛋糕……

妈妈说:爸爸也会蒸的,他一定会。

他说:爸爸蒸的一点也不好吃,颜色也不对。爸爸都承认自己笨了。

小满突然发现妈妈的声音有些沙哑。他问:妈妈,你是不是生病了?声音都有点不一样了。

妈妈说:妈妈说话太多了,有点累。

他说:妈妈,你要多喝水,多睡觉。他想起了自己生病时妈妈说的话。

他又说:妈妈,你快休息吧,我明天再给你打。

虽然这么说,他还真有些委屈,他多希望一直和妈妈说到睡觉,妈妈给他讲故事,一直讲到他睡着。

妈妈说:小满,今天过去了,十年就又少了一天。

好吧。妈妈再见。他恋恋不舍地说。

小满盯着手机屏幕好久,最后,屏幕上什么都没有了,才把手机放到书包里,用手小心地按了按。

每天晚上睡觉时,爸爸都会给他的手机充电。有一次,爸爸看见手机的电量几乎没了:小满,你玩游戏了吧。他忙否认。

爸爸顺便把手机检查一下。手机通信录里有两个人,一个是爸爸,还有一个就是幼儿园苗老师,是爸爸给他存好了的,而通话记录里却显示着妈妈的号码。

爸爸检查手机时,小满很紧张,好在爸爸没有发现那个秘密,而是把手机充上了电,对他说:以后别玩手机,对眼睛不好。

小满点点头。

那天起,每天和妈妈通完话,他主动给手机充电。不能让爸爸发现他和妈妈的秘密。妈妈说过,要是爸爸或者别人知道了,电话就打不通了。

小满发烧了,全身没劲,还没精神。他牢记妈妈的话,要做一个好孩子,不让爸爸操心,就没和爸爸说,而是跟着爸爸去了幼儿园。

中午时候,他吃不下饭,被老师发现了,老师摸过他的额头,马上拿体温计过来量。老师说:三十八度五。小满不知道三十八度五什么概念。以前妈妈也给他量过体温,有时就打电话给幼儿园老师替他请假。

接到老师电话的爸爸赶来把他接回家,手忙脚乱地找药让他吃。然后他就睡着了。不知过了多久,他醒了,爸爸却已不在身边。他想起以前自己生病的时候,妈妈会抱他躺在床上,给他喂水喂药,然后靠在他的床头给他讲故事,一直讲到他睡着。他醒来时,妈妈就把一碗热乎乎的鸡蛋糕端到他面前。鸡蛋糕就像药,他吃了鸡蛋糕就有力气了。

小满觉得好委屈。他给妈妈打电话,在电话里哭了。他很久都没有在电话里跟妈妈哭了。

没多久，爸爸回来了，晓雯阿姨竟然也来了。晓雯阿姨说要把他接走，爸爸同意了。

小满到了晓雯阿姨家，园长吴奶奶已经给他蒸好鸡蛋糕，又软又嫩，和妈妈蒸的一样。

吴奶奶和晓雯阿姨一直陪他说话。

那天晚上，他和晓雯阿姨一起睡的。睡前，晓雯阿姨问他喜欢听什么故事。他想起妈妈以前讲过的《美人鱼》。晓雯阿姨就开始讲了，他听着，渐渐闭上了眼睛。他发现晓雯阿姨声音很好听，就像妈妈的声音。妈妈仿佛回到了他的身边，妈妈在给他讲故事。他的嘴角绽开，笑了。

内　鬼

高龙彬说：王彪招了，承认自己毒死了苏林。

这次两人没在新来茶馆，而是宋杰开着车在约定地点接上高龙彬，再把车开到一个僻静处停下来。

指使者呢？宋杰急切地问。

高龙彬把车窗按下一条缝，点上支烟。

宋杰期待着，王彪招出长坤的人，王文强或者于浩然，那么，就要收网了。高龙彬却吐出一个陌生的名字：聂远达。宋杰没听说过这个人。

高龙彬接着说:聂远达收买了王彪,给了他一百五十万,让他把一粒胶囊里的粉末倒在苏林的饭里。

宋杰问:这个聂远达抓到了?

高龙彬摇摇头:他消失了。我们已上报市局和省厅,全国缉捕。

高龙彬从手机里调出聂远达的照片给宋杰看。宋杰感觉自己似乎在什么地方见过这个人，一时间却怎么都想不起来。他问:这人什么背景?

高龙彬说:邻省户籍,无固定职业,什么都干。

宋杰的第一反应，是这个聂远达背后必定另有一只手，因为首先,无固定职业的聂远达就不可能有那么多钱。

高龙彬对宋杰说:聂远达有我们呢,你的任务是盯紧长坤。指使聂远达的人很可能就在长坤。说完拉开车门,下车走了。

宋杰以为小满一定已经睡着,轻手轻脚地进门,却隐约听到小满房间里有说话声。

宋杰推开门,小满正蜷在被子里打手机,见他进来,忙把手机塞到枕头底下。他说:小满,给谁打电话呢?

小满嗫嚅道:是……是老师,爸,我一个人在家害怕,就给老师打电话了。

宋杰在心里责备自己，大晚上的，把孩子一个人扔在家里。他把床头灯关掉，替小满掖好被角：小满别怕，爸爸这不回来了吗。睡觉吧，明天早点起，去幼儿园。

宋杰躺在床上，在黑暗中张着眼睛。

宋杰想到王彪。

宋杰第一次领警服，就是王彪给送过来的。

宋杰离开刑警队的时候，脱下警服，还是交给王彪。

王彪只收了警徽和领花：宋队，衣服你留着，是个念想。高局长说的。说着，眼睛竟也红了：宋队，你太冤了……

如果没算错，再过一年，王彪就该退休了。

没想到忠厚老实的王彪没扛住巨额金钱的诱惑，竟然当了内鬼。

他的思绪转到聂远达身上，这个自己似曾相识的人。

突然，宋杰坐了起来。他想起来了。

宋杰不久前确实见过这个人，在于浩然的车上。那天下午，于浩然开车从公司出来，恰逢一辆垃圾车坏在大门前，挡住了路。

于浩然在车里拼命按喇叭。宋杰从保安室里出来。

于浩然说：宋队长，那辆车怎么回事，把路挡上了。

宋杰说：垃圾车坏这儿了，等拖车呢。

于浩然面露难色：宋队长，我还有急事，能不能帮忙把车推开。

宋杰就叫上几个保安去推车，于浩然和车里另一个人也下来帮忙。垃圾车终于被推开，宋杰冲于浩然道：谢谢于总。说这话时，他瞥见和于浩然同行的那个人的脸：年纪比于浩然大一些，头发稀疏。只一刻，那人就和于浩然回到了车上。

宋杰反复回忆，把这个人和高龙彬手机里的那个人进行比对，最终确信这个人就是聂远达，除非聂远达有双胞胎兄弟。

宋杰马上摸出专线手机。

交　锋

保安队有个复员特种兵，叫崔植，素质很好，集体意识也强，在队员中鹤立鸡群。崔植身上葆有部队作风，床铺干净整洁，被子见棱见角，个人物品井然有序。

宋杰一见崔植即生好感，观察一段时间后找崔植谈话，想让他出任副队长。当时的副队长是一个叫李大旺的人，表现很积极，但和崔植比还差一大截。

崔植听了忙摇头：宋队长，您不知道李大旺的背景吗？他是王总表弟，您来之前，刚从办公室调到保安队。

李大旺是王文强特意安插在自己身边的心腹，宋杰明白了，也就再不提副队长人选这码事。王文强既想拉拢他，为己所用，又不相信他，处处提防，这就是自己真实的处境。

李大旺三十出头，保安制服穿在他身上又肥又大，让他活像个稻草人。李大旺对谁都是一副笑模样，露着一口黄牙，说话拿腔作调，口头禅是：这个，这个嘛……

宋杰刚来时，李大旺里里外外、跑前跑后地张罗，带着宋杰熟悉情况。当天晚上，还把宋杰拉到一家小饭馆吃饭。他边给宋杰倒酒边说：宋队长，您可是鼎鼎大名呀，无人不知无人不晓。您来了，以后没人敢到长坤找碴儿了。

宋杰笑笑。

李大旺又说：就那么点小事，刑警队把您开了，是刑警队自己的损失。

李大旺干掉一满杯酒，宋杰只抿一口。

李大旺一拍大腿：话说回来，您在长坤干，收入比刑警队只多不少，还不累。干保安，就是拿人钱财替人消灾，不像刑警队，还累心。您说是不是这个理，啊？

既然李大旺是王文强安插到自己身边的，宋杰也就格外留意李大旺的一举一动。真是多亏崔植那句话，不久，宋杰就发现李大旺跟踪自己。去幼儿园接小满的路上，接到小满回家或独自回家的路上，宋杰都能从后视镜里看到李大旺戴帽子和口罩，骑电瓶车的远远的身影。也正因如此，宋杰和高龙彬见面都是先把车停进商场的停车场，人走进商场，再从商场另一个门出去赴约。碰头结束，他还是先进商场溜达一圈，或者干脆去卖儿童服装或玩具的柜台为小满买点什么。一次，宋杰由滚梯下行，正撞上李大旺由紧邻的滚梯上行，后者正引颈急切地向上张望。接近李大旺时，宋杰故意高叫一声：大旺！李大旺向他猛转过来的脸上写着惊愕，继而变为惊慌，反应过来后忙不迭地说：哎，宋队长，您也在这儿啊。两人擦肩而过，宋杰并不回头，而是微微一笑。他知道此时李大旺正频频回头看自己，暗自懊恼。宋杰把李大旺玩得团团转。对付李大旺，宋杰不必费太多心思，作为刑警，这种游戏是小儿科。再后来，大约觉得宋杰并无可疑，李大旺便不再盯他的梢儿了。

王文强想让宋杰把刑警队比较要好的前同事请来聚聚，他来做东，一呢，为宋队长长长脸，二呢，就算自己也交了朋友。说了两次。

宋杰请示高龙彬。高龙彬说：我和秦南坡说，让他去，大张旗鼓地去。

秦南坡果然来了，开着警车，带着刑警队好几个兄弟。

王文强照例在食堂的一个包间里设宴招待，于浩然作陪。

王文强作开场白：各位都是宋队长的同事和朋友，宋队长现在是长坤的人了，各位以后就是我王文强的朋友，千万别见外，要常来。

秦南坡把警服扣子全解开，双手往大腿上一支，说：大伙今天来，是冲着宋队，但是，王总的情大伙也领了。王总、于总，长坤是市里、省里知名的大企业，不会做违法的事，即便真做了违法的事，一顿饭也收买不了我们，大伙说，对吧？既然来了，大伙就放开吃，放开喝，来来，举杯——

秦南坡这么说，包间里顿时就热闹了起来。

宾主尽欢。

这都是自己刚到长坤时的事情。

宋杰曾反复揣度王文强把自己招到长坤的用意。

如果自己当初追踪的那辆神秘货车真和王文强有干系，那么，现在自己是长坤的人了，首先长坤和王文强就少了一个对手，同时也可向外界表明，既然长坤和他王文强能招揽前刑警进来，自然就是清白的了。而自己在长坤，若能为他所用，有职业和社会关系的优势，可以为他开脱，甚至为他卖命；若不能为他所用，一个敌人，放在眼皮底下，总比任由其在暗处安全——除非自己是卧底。倘若果真如此，不能不说，确是如意算盘。

经过一段时间的近距离观察，宋杰感到自己对王文强有了些新的认识。

表面上看，王文强是个好大喜功的人，全国制药企业都知道王文强网罗人才，不惜血本。外地知名工程师愿来长坤的，他都给买房落户口，高薪更不必说了。一个保安队长，也要找一个前刑警队的副队长来当，也是一个显例。

宋杰能肯定王文强是有意这么做的。他不怕名声大，名声越大，他越安全。他现在是全省知名企业的领导，地方官员已经为他颁发特别通行证了，有朝一日，成了全国知名企业的老板，他岂非形同免死金牌在握？

同样道理，王文强用心打造自己的政治地位，先是区人大代表，几年之后又当上市人大代表，最后成了省人大代表。

长坤会议室里满满挂着王文强与省市领导的合影，有的是他迎接领导视察，有的是开会。他握着领导的手，谦逊地甚至腼腆地笑着。这一幅幅照片，在外人眼里，完全就是一道道护身符。

想宋杰刚到长坤时，王文强也把宋杰带到会议室参观过。给宋杰的感觉，对每一张照片，王文强都能讲成一段故事。宋杰感到，眼前侃侃而谈的王文强，若非是个极其虚荣的人，便是心机极为深沉之人。他更倾向于后者。

今天，宋杰接到王文强亲自打过来的电话，说想下班后和他在食堂坐坐，吃个便饭。

宋杰安顿好小满,前往食堂赴约。

包间里只王文强一个,让宋杰略感意外。

寒暄几句后,王文强说:你到公司时间也不短了,上上下下也熟悉了,我想请你出任副总。

宋杰颇为吃惊:我?我可什么都不懂……

王文强笑着打断他:宋队长,你是个人才,当初我三顾茅庐请你出山,可不是想让你屈才当个保安队长的。警院毕业,这么年轻就当上了副队长,你不优秀谁优秀?

宋杰顿了顿,说:王总,我被刑警队开除,是您给了我口饭吃,什么屈才不屈才的,我就是个打工的。

王文强收起笑容,正儿八经道:宋队长,我说的可是认真的,公司管理从来都是我抓的,现在我年纪大了,精力不比以往,想找一个副总替我把管理抓起来。

未明其意,宋杰决定先拖他一拖:王总,您得让我想想,我怕干不好。

王文强爽快地说:好,那你就考虑一下。随即露出一种体贴的表情,道:另外,宋队长,夫人去世一年多了,你一个人带孩子也不容易,就没想再谈一个女朋友?

宋杰连连摇头:哪有那个心情。心下暗想:这又是哪门子花招。

王文强凑近一些:公司孙秘书怎么样,她可是中文系高才生,写得一手好文章,还在省报和好多刊物上发表过诗歌呢。

孙秘书就是孙可，很年轻、很漂亮的一个女孩子。宋杰刚到长坤，就是孙可帮他把档案送人事部的，还带着他到各部门走了一趟，算是熟悉地形。孙可说话细声细语，每见宋杰，必微笑着打招呼。

宋杰继续摇头：配不起啊。

王文强说：我都看出来了，她对你的好感可不一般。

宋杰做出一副颓唐失意的样子：我这样子，可不想拖累别人。

王文强苦口婆心道：这样，这个事你也先别拒绝，也考虑考虑怎么样？

宋杰未置可否。

宋杰驾车行驶在回家的路上。一路上他都在思索：王文强要自己当副总并给自己介绍女朋友，用意不明，不能不说是需要警惕的新动向，还须汇报和请示高龙彬，但是，如果自己答应了，是不是意味着自己可以更接近长坤的幕后了？

遥见前方路口黄灯闪烁几下变为红灯，宋杰放慢车速，紧跟前方车辆停了下来。这时，紧邻车道一辆车内亮光一闪，宋杰下意识转过头去。一个戴鸭舌帽的人在点烟，火苗凑近那人脸的一刻，他看清了，正是聂远达。不会错，他在于浩然车上和高龙彬手机里都见过这张脸。

交通灯变绿的一霎，宋杰押后一个车位，紧急变道，跟着聂远达的车蹿了出去，同时从怀里掏出手机，按下了呼叫键。

谜 面

十几分钟后，宋杰从后视镜里看到了警车。几乎同时，手机响了，高龙彬命他撤离现场。

前方就是一个十字路口，宋杰顺势向右拐去。右拐没多久，只听身后警笛大作，不用说，聂远达的车被警车团团围住了。

宋杰匆忙回到家，见小满已经睡着，枕边躺着手机。他赶紧查看自己的手机，三个未接电话，都是小满打的。

宋杰心下愧疚。他关掉小满的床头灯，给孩子掖了掖被角，又给小满手机充上电。

宋杰有些坐立不安。聂远达半夜出来，若是预感不错，他一定是去见于浩然。那么，今晚王文强安排的那顿饭，莫不是调虎离山？自己发现聂远达踪迹，是老天与王文强故意为难？聂远达被抓，于浩然万一得到消息……想到这里，宋杰倦意全消。

于浩然家所在小区。宋杰把车停在路边，抬眼找到于浩然家窗户。透过位于十层的那扇窗,可见室内一丝光亮。

宋杰观察着那扇窗。时间流逝,不知过去了多久,灯光一直未熄。终于,他不放心小满,开车回家去。

路过抓捕聂远达的那个路口,此时,这里静悄悄的,似乎什么都没发生过。偶有一辆车从路口驶过。

那晚宋杰睡得不踏实。聂远达要是招了,这个案子就了结了,妻子大仇得报,九泉之下,她也能瞑目了。

第二天一早,宋杰把小满送到幼儿园,去往长坤的路上,怀里的手机响了。从昨天起宋杰就盼着这通电话。他按下接通键,只听高龙彬说:聂远达还没招。你盯紧长坤。

宋杰回答:明白。揣好手机,踩下油门,快速向长坤驶去。

正是上班时间,员工们熙熙攘攘走进公司大门。在停车场,宋杰看见了王文强的车,却不见于浩然的。于浩然总是准时来上班的。宋杰更加仔细地扫视一遍停车场,仍没发现目标车辆。

对于浩然得知聂远达被抓捕会出逃的担心重新升起。

正在这时,王文强电话进来,让他去找一下于浩然。说是会计所的人在等于浩然查账,打手机、家中座机都没人接。

宋杰知道,这几天会计所的人会一直在公司做账。昨晚上吃饭时王文强曾说,这是上市前的最后准备了。

宋杰本就关心于浩然的动静，现在王文强让自己去找他，正好给出一个完美理由。

宋杰把车停在于浩然家小区外的路边。他边向小区里走，边拨打于浩然的号码。铃声长久地响着，但没人接。宋杰心往下沉，加速前行。

于浩然家大门前，宋杰敲着门，注意倾听里面的动静。没人应，也没有异样的响声。

宋杰观察下大门附近，未见异常。再仔细看，门竟然没有锁。

宋杰用手指关节轻轻推开门，门内静悄悄的。

宋杰轻手轻脚走向客厅，客厅的灯仍亮着，沙发旁，于浩然赫然倒在血泊中。他穿着睡衣，胸前有血，已然凝结。身下还有一摊血。

迅速搜索四周，没发现第三人。

宋杰退了出来。他第一个想到的嫌疑人就是聂远达。

宋杰站在于浩然家门口，先拨打110，又用专线手机拨通了高龙彬：发现于浩然死于家中。我已经拨打了110。

高龙彬说：你别动，秦南坡带队马上到。

很快，秦南坡带人出现了。

看见宋杰，秦南坡先公事公办地问：你报的警？

宋杰点点头，倚在楼梯口，掏出烟点上。

秦南坡冲身后摆一下头，跟着的人便进入现场，开始紧张有序地取证、拍照、验尸等。

秦南坡没进去，而是和宋杰站到一起：出来得急，没带烟。

宋杰抽一支烟递过去，并替秦南坡点上。

秦南坡道：聂远达刚被抓捕，于浩然就死了。说完望着宋杰。

宋杰也望着秦南坡，数秒后才反应过来——秦南坡这是在等着自己接茬儿，于是问：聂远达是谁？

秦南坡说：忘了跟你说了，他是收买王彪杀死苏林的人。

宋杰恍然大悟般"哦"了声。

秦南坡接着说：你是第一个发现尸体的人，你分析一下。

宋杰说：第一嫌疑人应该是聂远达。

秦南坡点了点头：要是聂远达就简单了，他已经在我们手上。

一段相当长的时间后，刑警们和法医陆续出来了。

宋杰知道要做汇报和初步分析，识趣地说：我先告辞，有事打电话。

秦南坡却一把抓住宋杰手臂：既然碰上了，就一起分析一下。说完冲刑警们点下头。

大刘先说：现场暂时未发现可疑痕迹。脚印、指纹都提取了，须回去做进一步技术分析。

秦南坡又转向法医。

法医说：一刀刺中心脏，凶器不常见，应为自制。回局后进化验室分析。

秦南坡看着宋杰，向一旁伸出手去，有兄弟赶紧递上鞋套、手套各两副，进现场的装备。

穿戴整齐，秦南坡和宋杰走进客厅。尸体仍蜷缩在沙发旁的地上。死者表情安详，似乎没有经历多大的痛苦。秦南坡和宋杰蹲下身，凑近查看刀口。果然一刀毙命，又深又狠。

秦南坡说：说说看法。

宋杰说：凶手一个人，且是熟人，因为受害人完全没有戒备，现场物品整齐，没有打斗痕迹，甚至也没有挣扎痕迹。还有，这个凶手是个老手，我刚进来时，门没锁，虚掩着。凶手故意留下的一个悬念。

这时，王文强的电话进来了。宋杰接通，只听王文强急切地问：找到于总了吗？

宋杰随手把手机扬声器打开，看着秦南坡，秦南坡摇摇头。宋杰会意：我一直敲门，都没人应。我再去别处找找看。

王文强声音顿一下，然后说：麻烦宋队长再去趟希尔顿酒店，跟前台确认一下于总去没去过。

宋杰说：好的，王总，这就去。

宋杰挂断手机。秦南坡说：看来希尔顿是他们常去的地方。

大刘匆匆走过来，手里一包东西：秦队，发现毒品，在洗手间马桶水箱后面一个暗格里，太隐蔽了，所以第一次没搜到。

宋杰与秦南坡对视一眼。

宋杰要赶往希尔顿，秦南坡拉一下他的手臂，叮嘱他不要透风给王文强，以局里口径为准。宋杰点点头。

宋杰下楼没坐电梯，为的是顺便观察一下楼梯通道。出于直觉，他判定凶手当时没选择乘电梯，因为电梯内有摄像头。

宋杰从于浩然家楼层边下行边观察，直至一层，暂时没什么发现。他知道楼下直通地下停车场，但来不及查看了，秦南坡他们自不会放过。

宋杰飞车赶到希尔顿，按王文强所说到前台问询一番。前台说这两天并未见于总来过，倒也算一个收获。

宋杰匆匆走进长坤会议室，王文强和会计所的人正在里面忙碌着。王文强一见宋杰便把他拽到楼道里。

宋杰说：家里没人，希尔顿也没见。

王文强双眉紧蹙：这个于总，去哪儿也不说一声，打手机也不接，害得我让人把保险柜撬了，才把公司的账拿出来。

宋杰说：是不是昨天喝多了，找地儿歇着呢？

王文强一副自己哪知道的表情：他以前从没这样过，第一次。正好,你就盯着查账那摊吧,一两天我得去趟北京,为上市的事,现在还有些准备工作要做。

王文强边往门外走边叮嘱:不明白的就问孙可,一贯是她辅助于总查账。

王文强走后,宋杰瞅个空紧急通知高龙彬王文强动向。

一下午,宋杰眼睛盯着会计所的人,脑海里盘旋着于浩然案案情:倘若昨晚饭局王文强意在调虎离山,那么,于浩然见聂远达王文强就是知道的。但这种情况下,于浩然被杀仍有两种可能,王文强事先知道或不知道。倘若聂远达杀了于浩然,理由呢?灭口?不对,该是于浩然灭聂远达的口才对啊,聂远达没理由灭于浩然的口。难道是王文强指使聂远达杀了于浩然?王文强灭于浩然的口说得通,但聂远达是通缉犯,找这么一个人去灭口, 那不太容易被抓了吗……直到下班,也没理出头绪。

僵 局

公安局将于浩然死亡通知送达前,王文强似乎已有不祥的预感,他接连召集公司骨干开会,商量对策。这天下午,孙可又通知宋杰马上赶到会议室。宋杰到时,会议室里已经坐满了人，总工程师、其他副总，还有各车间主任都在。他走进去，王文强示意他坐到自己身边的空位上。

王文强接着讲话：宋队长大家都认识，前些日子，我和宋队长聊过职务变动问题，大家也讨论通过了，现在我宣布：宋杰任公司副总，负责整个公司管理工作。

众人鼓掌。

太突然了。虽然王文强确实和他说过这个意思，可他并没有答应。他要征求高龙彬意见的。因为当晚就发现了聂远达的踪迹并实施抓捕，第二天又发现于浩然死亡，他还没来得及向高龙彬汇报。他没料到王文强就这么宣布了任命。

宋杰明白王文强这时宣布他担任公司副总，至少有这么一层用意，那就是于浩然失踪，公司上下议论纷纷，自己的任命，有稳定军心的作用。他只得站起来说几句场面话敷衍过去。

会后，王文强把宋杰留下，开门见山地说：于浩然遇害了。我去他家找过他，看到了公安局贴在门上的封条。

宋杰装出吃惊的样子：遇害？怎么遇的害，为什么遇害？

王文强摇了摇头：等公安局的说法吧。明天我要去北京出差，公司的事你盯一下，不明白的地方问孙可。我和她交代过了，她做你的助理，你有什么事吩咐她做就好。

宋杰疑心王文强选择这时候出差，很可能是先躲出去，风头不对，也许就溜了。

突然，王文强问道：于浩然死了，你是不是要回刑警队了？你在刑警队比在长坤更能发挥专长。

宋杰一怔，随即装作不悦：王总，您以为我来长坤是卧底的？

王文强连连摆手：哪里，不是不相信你，而是刑警队的人经常为了执行任务假扮各种身份。

宋杰沉着脸：我是被刑警队开除的人。王总不放心，当初为什么把我招来呢？

王文强急忙说：我是想把分管政法公安口的刘副市长请来，你专门向他汇报一下，让他帮忙说句话，你愿意的话，也可以重回刑警队伍。接着又解释：我没别的意思，就是不想委屈你。

宋杰说：既然离开了，就不想回去。好马不吃回头草。

王文强微笑：我是怕你在长坤不开心，心里憋屈。不走更好，你就安心帮我打理长坤吧。

宋杰离开会议室，立即打给高龙彬，把王文强任命自己做副总以及要去北京出差的事汇报了。高龙彬说：我正要找你，下午三点老地方见。王文强已经安排专人盯守了，跑不了。你做副总是好事，更方便探听内幕。

孙可把宋杰带到于浩然办公室。屋内已经焕然一新，桌椅全部换掉了。这是宋杰第一次仔细观察这间办公室。面积比王文强办公室外间小一些,办公桌对面有一张沙发,窗台上还摆着几盆花草。

孙可说:王总关照的,屋里所有东西都换新了。

宋杰问孙可:换新?

孙可压低声音:您还不知道?于总遇害了!

看来于浩然被杀,全公司的人都已经知道了。

宋杰对孙可说声“辛苦”,孙可微笑着退了出去。

宋杰环顾四周,再一次思索这间办公室前主人于浩然的死:王文强是有嫌疑的。于浩然指使聂远达杀死苏林,聂远达现在是通缉犯,一旦被抓,与聂远达有直接往来的于浩然势必不保,而于浩然肯定了解长坤的秘密,倘若王文强是这个秘密的核心人物,那么,暂保安全的唯一办法就是让于浩然永远沉默……

宋杰去敲王文强办公室的门。孙可闻声从另外一间办公室出来:王总已经离开公司去北京了。

宋杰对孙可说:我也要出去一下,有事打我手机。

孙可点头。

新来茶馆里,高龙彬不停地用手搓着脸颊。宋杰进来,高龙彬把手放下来。宋杰看到他眼睛布满了血丝,人也似乎瘦了一圈。

高龙彬带给他一条坏消息:我们的线索断了。

聂远达招认了,受于浩然指使,他收买王彪杀死了苏林,但他说于浩然的死和自己没有任何关系。聂远达说自己确曾找过于浩然,但只是去要钱,说自己远走高飞需要钱。于浩然坚持聂远达离开后才转账给他,两人为此争执了一会儿,达成协议后,就各走各的了。经取证,确如聂远达所言,他在监控里的路线很完整,因而他没有时间去杀死于浩然。至于于浩然,从现场痕迹结合时间点推断,他回家后洗了个澡,换上睡衣从卫生间出来,就在客厅里遇害了。现场没有于浩然以外第二人的指纹、脚印,也没有其他可疑痕迹,看来是个老手。小区内外包括周边街道的监控录像,也没发现凶手的踪迹。

宋杰将信将疑。他在刑警队工作十年,办案无数,还没有见过不留一丝痕迹的作案现场。他问:现场勘查了几次?

高龙彬说:秦队带人去了三次。

宋杰相信秦南坡的办案能力,秦南坡比自己早到刑警队五年,侦破经验比自己丰富。

杀人灭口,而且是熟人作案。宋杰再次想到王文强,正要说出来,高龙彬快他一步:王文强我们已经查了,他不在现场。当晚,你和王文强在公司分开后,他直接回家了。案发时,他人和车都在家里。

宋杰说:王文强不一定亲自动手。

高龙彬说:那也一定是熟人。从现场看,于浩然没有任何防备。搓了搓脸又道:我们遇到对手了。

宋杰曾经以为一旦聂远达落网,案子就快结了——聂远达供出于浩然,于浩然招出实情。他怎么也没想到,就在这节骨眼儿上,于浩然遇害。如今凶手是谁竟然茫无头绪。即将破晓的天空,又一次被夜幕遮盖了。

宋杰问:王文强是不是觉得自己露了马脚才跑路的?

高龙彬道:于浩然死了,他还会跑吗?况且,他也跑不了,我们请公安部支援,通报了海关。又说:这次他去北京,是要见证监会的人,为长坤上市做准备。

宋杰奇怪:自己都不知道王文强去北京的目的,高龙彬如何得知的?

高龙彬像是洞悉宋杰的心思,为他释疑:王文强和刘副市长一起去的北京。长坤是咱们市民营企业的典型,刘副市长亲手树起来的,长坤上市,也是市领导一项政绩。

高龙彬接着又说:看来你任重道远呀。本想案子一结就让你归队,看来,你还得在长坤泡一泡了。

宋杰知道,于浩然只是一把枪,想要解开长坤这个谜题,必须找到使枪的黑手并掌握证据。此外,目前的案情进展使他更有理由相信,害死妻子的真凶就在长坤。

死　讯

于浩然被发现死亡第二天，刑警队传唤马晓雯。

马晓雯哪想得到于浩然会遇害。刑警队的人问了她一些问题，如她所知于浩然的基本情况，她和于浩然的关系，她最后一次见于浩然是何时何地，等等。马晓雯意识到于浩然出事了，但她以为是吸毒被抓了。

马晓雯说自己前天晚上去过于浩然家， 和往常一样，是在傍晚时分。那时于浩然还没回家，她当他是加班或有应酬。她整理房间，打扫卫生。窗帘拉开，被子叠好，物品归位，地板也拖过了，于浩然仍然没有回来，她就给于浩然发短信，问是否要做饭。倘若没有应酬，于浩然都是回家吃饭的，很多时候都是她提前把饭做好等着。于浩然很快回复说，不要等他了，他还要见一个人，也许很晚才回。她就把从冰箱里拿出来的菜放回去，灯关掉，门锁好，坐电梯下楼回家。具体时间记不清了，不过手机里短信还在，一看便知。

马晓雯在刑警队并不感觉紧张， 毕竟这里的许多人她都认识，确切地说，刑警队十有八九都是父亲的学生，有些还常到她家里做客。至于于浩然吸毒的事， 虽然是马晓雯一大心结，但倘若他事发被抓，她倒也能坦然面对，或许，是因为她已经麻木了。从最初的愤怒不解，到现在的平和以对，是无奈的结果，是彻彻底底的无奈造就的见惯不惊。于浩然一次次跪在她面前痛哭流涕，抽自己耳光，发誓不再吸毒，她一次次地心软，如此循环往复。她一次次告诉自己，这一次于浩然是真的已经洗心革面，再不碰毒了。为了不让自己梦碎，他不当着她的面吸毒，她就不去翻找他藏起的毒品。到最后，她甚至一次次这样开导自己：生活就是一种幻象，蒙住双眼，才能感到幸福，因此，不要去直面真相。于浩然就是真的因为吸毒被抓了，自己又能怎么样呢，他又能怎么样呢，还不是从头来过？

询问马晓雯的是大刘，她交代完毕，问：刘哥，浩然出什么事了？一边想象着于浩然被抓后沮丧、绝望的样子。

大刘温和但严肃地说：过两天你就知道了。

马晓雯离开刑警队，试着拨打于浩然的手机。没人接听。也罢，马晓雯想，他要是没事了，总会回过来的。

马晓雯回到家，看见父亲坐在书房里发呆。这两天父亲也不知怎么了，经常这样发呆。

马晓雯放好包，洗了手。终于没有忍住，走到书房门口。父亲抬眼望着她。

爸，我刚才去了趟刑警队。马晓雯看见父亲的身子颤了一下，盯在她脸上的目光却没有动。她尽力轻描淡写地说：浩然可能出了点事。

父亲只微微点了下头，没有追问。

马晓雯知道,自己是父亲的全部。

马晓雯的高考分数可以让她去北京或上海上大学,父亲却让她在省内读,一定要把她留在身边。

马晓雯念大学也不像绝大多数同学那样住校,而是每天都回家住,也是父亲要求的。

为此,母亲和父亲争吵过。在马晓雯印象中,母亲很少和父亲吵架,他俩一个风风火火,一个沉稳理性,是最好的互补。当时,母亲把茶几上一摞学习资料掀翻在地,冲父亲喊:不让孩子出去,能有什么出息?! 想让孩子和我一样啊?!

母亲要强,一直说自己不够努力,没考上好大学,才在自己不怎么喜欢的工作岗位上干了一辈子, 要是可以重来,一定努力考到北京、上海,干一份更大的事业。

父亲却不着急,走过去把资料一一捡起来,重新摞到茶几上。他说:在省里上大学有什么不好? 平安是福,我就这么一个女儿,我得天天看到她……

马晓雯大学毕业后把和于浩然恋爱的事告诉了父母。那会儿,于浩然在小孤山镇工作,两人为爱情两地奔波。父亲经常对她说:爱情不在朝朝暮暮。等到于浩然随长坤到城里落脚,看得出父亲释然了,他马上催促她说:晓雯,该结婚了啊。不仅如此,父亲真的就隔三岔五和她讨论起结婚的事来。

父亲的心思马晓雯岂能不知, 他就是不愿女儿离开,想要女儿一辈子都在身边,他看着放心。

马晓雯知道父亲疼自己，像一切被父亲宠爱的女儿一样,她也依赖父亲。从小到大,马晓雯的心事都会跟父亲说,而不是母亲,这已是一种根深蒂固的习惯。母亲唠叨,且有时言语尖刻,而父亲更温和、更耐心、更善解人意。她信任父亲,父亲在她心里就是一座山,可以依傍的山。

爱情这种事也是化学反应,一旦有了,想戒掉,正如戒毒一般难。在被于浩然的戒毒和复吸反复折磨后,马晓雯自嘲地给爱情下了个定义:爱情就是毒品,爱人就是吸毒。自己就是戒不掉于浩然这个毒了。

反复劝说自己与于浩然分手未果后,父亲不再喋喋不休了,陪自己散步时,他变得有些沉默了。但她能感觉得到,父亲一直在小心翼翼地观察自己,揣摩自己的心情。父亲在为自己受苦。她每每想到这点,就心如刀割。她安慰父亲:爸,最近还行……真的还行……

父亲担心自己,而自己担心着父亲的担心。各自遭受的苦难在对方身心引发疼痛,这就是亲人,这就是血缘的牵绊。

半个月前,马晓雯下定了决心,她要和于浩然结婚,以此终结游移带来的烦恼。

自己是不可能和于浩然分手的。马晓雯想,如果可以,这么长时间，何以自己还不能做出决定？而若是于浩然提出分手呢，自己会同意吗？也不会的。于浩然并没有变心，何止没有变心，他对自己是越来越好了，他只是多了吸毒这个“缺点”而已。吸毒固然可恶，于浩然愿意吸毒吗？不是的，他只是不小心碰了，目前还难以戒除而已。如此说来，于浩然，自己所爱的这个人，他眼下是处在困境之中，自己岂能因为他处于困境就弃他于不顾，要是那样，自己把爱情置于何地，以后可还好意思把这个词说出口？但倘若他一辈子都戒除不了，以至于毁于毒品、死于毒品，怎么办……也没有办法。可爱情不就是要相守到生命的终点吗？那也算是求仁得仁了。

父亲能接受这个决定吗？对此，马晓雯真的没有把握。父亲那么疼自己，是不可能看着自己和瘾君子过一辈子的。但父亲阅世甚深，无所不晓，他应该知道自己只爱于浩然一个，即便自己和于浩然分了手，无非是痛苦取代了于浩然的位置，在那痛苦上面是不会再长出什么来的，他又能看着自己和痛苦过一辈子吗？

马晓雯痛悔自己一时意志薄弱，向父亲和盘托出。自己跟父亲坦白之后，父亲眼看着就变老了，笑容也变少了。然后就是每个散步的夜晚，父亲苦口婆心地劝说。马晓雯知道父亲所做的是每一个深爱女儿的父亲都会做的，父亲的立场是每一个深爱女儿的父亲都会选择的立场，那就是把危险从女儿身边切除，护女儿一世周全。看着父亲的白发、父亲的皱纹，感受到他每一句话语里的焦灼、忧心，自己何尝不想答应父亲。无奈自己就是做不到，做不到舍弃于浩然，置身事外。也好，就让父亲断了这个念头吧。马晓雯觉得父亲的痛苦至少有一部分来自于自己下不了决心，做不出决定，因而日夜悬心。这样一来，也许父亲反而会好过一点。她想，抱着一丝侥幸。

听了马晓雯的决定，于浩然沉默半晌，终于道：也好。

于浩然转身去了书房，出来时，把手上的房本和银行卡郑重交给她：这些都是你的名字。万一有一天我发生意外，这些东西别让外人拿走。

曾有很多次，于浩然要把这些交给她，她都拒绝了。她说她不需要这些，她只要爱情。

这一次，她没有推开，并且抱住了他。

她说：你快把毒戒了吧，要个孩子。

她听见他胸腔里微弱的、闷闷的一声：好……

她在他的肩上留下了两行泪水。

马晓雯把婚戒展示给马教授：好看吗？

马教授看一眼婚戒，转头看着马晓雯的眼睛：戒了？

马晓雯放下婚戒，尽量让口气显得轻松：还没。结婚以后再戒吧，那样我们心里都踏实，备不住就彻底戒除了。

马教授的眼神仿如深井：……你想好了？

马晓雯以死士般的目光回应父亲：爸，我想好了，我不想再纠结了，就这样吧。婚礼定在“五一”。

马教授身体僵硬地转身，走向窗前。

马晓雯对着父亲的背影说：爸，就让我先迈出这一步吧，不行再离，也算了了我一个心愿。你知道的，我想和浩然结婚也不是一天半天了。

马教授点点头：那好吧，如果这是你的心愿。

他转过身，蹒跚地走出了马晓雯的房间：你放心，那件事，我替你保密，不会告诉你妈的。

长坤的孙可打电话通知马晓雯于浩然的死讯，并让她去于浩然办公室把于浩然的私人物品取走。

马晓雯认为自己没听清楚：于浩然怎么了？你说于浩然怎么了？

孙可重复了一遍。

顷刻之间，马晓雯的天塌了。

马晓雯被告知于浩然系他杀。她清楚于浩然吸毒迟早会给他招来灾祸，但从未想过他会被人杀死。

暂时没有嫌疑人的线索，案件仍在侦破之中……

马晓雯并不去想嫌疑人。她的世界已然混沌。

出 处

聂远达被抓捕后，出于逃脱部分罪责的想法，一度仅供认苏林是自己收买王彪毒死的，而隐瞒了更早时候自己指使刘大成制造杨雪车祸的事实。

聂远达是于浩然的远房亲戚，于浩然叫他表哥。他从老家来到城里正是投奔于浩然的。但于浩然其实并不待见他这个表哥，没有把他安排进长坤，而是给他介绍了一份临时工的工作。聂远达不满足，不久辞去临时工，跳到另一个自以为更好的单位，但他既没文凭，也无一技之长，到头来还是只能干一些杂务。于是，跳槽在聂远达成了常事。每次混不下去的时候，聂远达就去找于浩然，觍着脸求于浩然接济和另找工作。

聂远达在某家企业当保安时，认识了内勤王彪，两人成了哥们儿。后来又认识了刘大成。三人没事在一起吃吃喝喝，称兄道弟。

发现宋杰盯上长坤后，于浩然告知王文强，王文强要求于浩然不惜代价把这件事处理干净。于浩然知道王总是不会自己动手的，于是就独自想办法摆平。这时，于浩然想到了聂远达。于浩然最初设想用车祸来摆脱宋杰。于浩然引诱聂远达说不会让他白干,并且很快就先给了聂远达五万元。聂远达一见钱便两眼放光。他请刘大成和王彪吃饭喝酒,不断给二人些小恩小惠,特别是刘大成。刘大成的卡车是贷款买的,干的是零工,哪儿有活儿就跑哪儿。去年还出了场车祸,赔了人家好几万,再加上贷款,刘大成想钱也到了发疯的地步。

不久后聂远达就跟刘大成交了底,但刘大成非常吃惊:你让我去杀警察?你疯了吧。

聂远达拍给刘大成一万块,说事成之后拿大头。

刘大成并非傻子,一万块买他去坐牢,他不干:远达兄弟,这不成。我一家老小都指着我呢。

聂远达知道钱差得远,给于浩然打电话。很快,聂远达卡上就收到二十万。聂远达取出十万,交给刘大成。刘大成打开装钱的包瞄了一眼,手一哆嗦,差点把包掉在地上。稳了稳神,刘大成说:这就算定金,事成之后,还得这么多。

当场成交。

聂远达把宋杰的照片给刘大成看了,又让王彪带刘大成进刑警队看了宋杰本人。刘大成就开始开着卡车跟踪宋杰,找机会下手。

事情进展得并不顺利。刘大成一直没机会下手,他也下不去手。几天后,刘大成找到聂远达说:那个宋队长开着警车,我也不敢撞啊。

聂远达大骂刘大成软蛋。并且威胁道:钱是那么好拿的吗?!

这次聂远达把宋杰家所在小区告诉了刘大成，叮嘱道：白天没机会，就等晚上，他下班回家不会开警车。

聂远达就开着车在小区附近转悠，盯宋杰的梢儿。

宋杰去追踪从长坤出来的货车，于浩然紧急通知聂远达，目标改成宋杰的家人，为的是调虎离山。刘大成动手前喝了点酒，一为壮胆，二为掩盖故意杀人。他知道酒驾撞死人，顶多就是判几年。

刘大成在幼儿园门口完成任务后，先打了120，又拨了110。因为事先想好了，他并不惊慌。

果然，最后定为酒驾肇事，判了五年。刘大成庆幸主家临时改变主意，也庆幸老天帮了自己。

刘大成服刑期间，聂远达前去探视，那时，聂远达已把另外十万打给刘大成小舅子了。

当着狱警的面，聂远达告诉刘大成他一家老小都安好，让他放心，并趁狱警不备递过去一个眼色。刘大成会心。

聂远达专程去看刘大成当然是为稳住他，让他别乱咬人。其时，聂远达自己已从于浩然那里另外拿到了二十万。

在刑警队，王彪负责给嫌疑人送饭和打扫留置室卫生。

聂远达借与王彪喝酒之机唆使他对苏林下手，一开始，王彪头摇得拨浪鼓一般。

聂远达把嘴贴在王彪耳边:主家说了,事成之后,五十万。

王彪躲开身子,欲起身走人。

聂远达按下王彪,伸出三根手指,低声道:再加三十个。这个数你一辈子也挣不来。

王彪僵在座位上:这可是拿命换。

聂远达见有余地,攻心道:接触苏林的不止你一个,他们怎么能知道是你。

王彪嗤之以鼻:那是你没在刑警队待过。别说这种,再难十倍,他们都破得了。我可是见识过。

聂远达只得透点风声给王彪:主家你不知道,我也不能告诉你,可长坤你总听说过吧?王总王文强那是什么人,省长、市长都说得上话!万一你进去了,主家去求王总,他会捞你,也能捞你。你在公安局这么多年,不至于连这个也不懂吧。

王彪明显动摇了,喝口酒道:八十万太少了,不值。万一我得在里面待一辈子呢。

聂远达道:好说,你等我一下。

聂远达走到餐馆角落里给于浩然打电话。其实于浩然许给他一百万,他是想从中再赚点。聂远达对于浩然说:表弟,人家说了,没有两百个不干。

于浩然当即答应。

聂远达回去坐下，将手掌伸到王彪面前，翻了三次，道：不能再多了。

王彪沉吟一会儿：钱必须马上打到我卡上。

聂远达说：没问题。让王彪把卡号写在一张纸上，收到怀里。随即从兜里掏出一粒胶囊递过去：把这打开，里面的东西拌到饭里，让苏林吃下去。

王彪接过胶囊：钱不到我是不会干的。

第二天一早，王彪手机收到了到账提醒。

苏林死了。随即王彪被锁定。

王彪被查，聂远达并不知道，还用公用电话拨过他的手机。当时王彪只是说：别给我打电话了，危险。随即挂断手机。过了两天，聂远达到底不踏实，打听一番，得知王彪被抓。

聂远达慌了，去找于浩然。于浩然说：你跑吧。

聂远达问：往哪儿跑？

越远越好，最好是去国外。于浩然说。

聂远达没出过国，还真不知道怎么能跑到国外。

于浩然说：你快回老家办个护照，不要回来，从那边直接奔缅甸，再从缅甸去泰国。他们一时半会儿抓不到你。这边有我呢，不会有大事的。

聂远达没听于浩然的，躲在出租屋里。思前想后，他不甘心，想最后一次找于浩然要些钱。

聂远达跑去找于浩然，于浩然答应再给一百万，让他永远不要回来。聂远达计划回出租屋收拾下东西,然后连夜出城回老家。就在回出租屋的路上,他被警察抓住了。

聂远达供出了于浩然。他不知道那时于浩然已经死了。

心　事

面对刘大成家属和刘大成的供述材料，聂远达扛不住了，终于承认害死宋杰妻子杨雪的车祸是他在于浩然授意下,买通刘大成制造的。于浩然是两起谋杀案的罪魁祸首,然而他的死却将这两起有明显联系的案件打成一个死结,让追查不得不暂时停顿下来。

在新来茶馆,宋杰听高龙彬讲了情况,建议对长坤进行彻底搜查,并审问王文强。

他的这一建议却被高龙彬否定了。高龙彬说:我们目前的证据与长坤和王文强仍没有直接联系。况且,此时王文强应该处于高度警觉戒备状态,说不定已经转移了物证。贸然搜查,如果搜不到证据,那我们会相当被动。虽然明知长坤和王文强有重大嫌疑,不是万无一失,还是不能轻举妄动。

宋杰佩服高龙彬的谨慎持重。疑罪从无,是不能逾越的原则之一,也要求刑侦人员开展工作时力求周密,不轻易打草惊蛇。

高龙彬指示宋杰:你现在更有机会接近王文强,要将计就计,拿到证据。表面上,我们要让王文强感到我们的推断没能超出于浩然。

宋杰点头。

高龙彬又说:刘大成马上就要改判。但只有揪出终极黑手,我们才算真的胜利了。

至此,宋杰感到自己当初痛殴刘大成尽管是不对的,但未尝不是一种幸运,如果自己不那样冲动,就不会有深入长坤的机会。

公安局结案书送达长坤。孙可代为签收。王文强从北京回到长坤后,面无波澜地把结案书从头看到尾。

王文强召开了一次由部门经理及以上领导层参加的会议。王文强宣读完结案书,说:于浩然是公司的人,干了这样的事情,却没有被发现,是我的责任。差点让于浩然害了公司。这是个深刻的教训。还有采购部的苏林,他们勾结起来,借助公司的平台,干了一些违法的勾当。我是公司董事长兼总经理,我该向大家赔罪。他站起来,深深地向与会者鞠了一躬。

重新坐下后,王文强说:此前已宣布由宋杰任副总,分管于浩然之前的工作。衷心希望宋杰尽快熟悉业务,为长坤做出贡献。

宋杰当上了副总,他的工作随之多了起来,不是下部门检查工作,就是层出不穷的会。这样,接送小满不得不交给孙可。为此,宋杰把家里的钥匙也给了孙可。

一天,孙可送小满回家后返回公司,对他说:宋总,小满有些不对劲。

他忙问:怎么?

孙可说:情绪不高,也不怎么说话。吴园长也说孩子这几天变得有些沉默。

宋杰点头,说:知道了,谢谢你。一会儿我早点回去。

宋杰回到家,发现小满在自己房间里床上,似乎刚哭过。宋杰坐到床边:小满,怎么哭了?

小满满脸委屈,马上要哭出来的样子。

宋杰把小满抱在怀里:小满,有事不能瞒着爸爸。有事不说,不是好孩子。

小满"哇"的一声哭起来。

宋杰一边给小满擦泪,一边问:有小朋友欺负你了,还是老师批评你了?

小满摇摇头。

宋杰把小满身子正过来,盯着小满的脸道:到底发生了什么,快跟爸爸说。有什么事爸爸替你想办法。

小满抽泣着，从枕头下面拿出手机道：妈妈不爱跟我说话了……妈妈说不舒服……她说自己病了……

宋杰蒙了。他接过小满的手机，疑惑地查看小满的通话记录。通话记录里全是妻子杨雪曾用的号码，几乎每一天，差不多的时间，小满都和这个号码通话，最长的一次竟然有四十分钟。

小满胆怯地道：爸爸，你一定保密，妈妈说，要是让别人知道，她就不能和我通话了。妈妈在天堂里，离家很远。

宋杰意识到，有位好心人，确切地说，一位好心的女性在扮演小满的妈妈与小满通话。他应该感谢这位女性，是她给了小满安慰和希望。宋杰又仔细浏览近几天的通话记录，确实都比较短，大多几分钟而已，想必确如小满所说，她不舒服，生病了。宋杰对小满说：妈妈生病，没力气讲话了。等过几天妈妈身体好了，会和你通话的。

小满眼泪滚滚而落：妈妈太可怜了，生病了也没人照顾。

宋杰安慰小满：天堂里也有医生，还有好多叔叔阿姨，他们都会照顾妈妈的。

说到这儿，他心痛了一下，眼圈发热，不由将小满拥在怀里。

妻子杨雪的号码，一直保留在宋杰的手机里。翻手机通信录时，这个号码会从他指下滑过。有时他会停下来看几秒，有时他会点开妻子最后一次发给他的信息:天冷,早点回来。今天炖了排骨,和小满等你回来一起吃。这条信息,就是她的绝笔了。妻子刚离开的时候,每当他看这条信息,心里痛不可当。后来,没有那么痛了,常常让他有不真实的感觉,好像是一个隐隐作痛但已不容易触及的陈旧伤口一般。

良久,宋杰终于下定决心,按下呼叫键。

响了几声铃之后,一个女声响起:宋杰哥。

宋杰怔住了,略一停顿,他问:请问你是……

对方说:我是晓雯。

马晓雯。世上竟有这么巧的事,妻子杨雪的号码现在竟是她在用。

手机那端沉吟片刻,问:小满把我们之间的秘密告诉你了?

宋杰久久不说话,马晓雯“喂”了几声,又问:宋杰哥,你怎么了?

他说:你在哪儿?

她说:我在家。

马晓雯开的门。她穿着睡衣,头发凌乱,眼睛红肿着。

家里只有马晓雯一个人。马晓雯说:我爸妈还没回来。

宋杰说:晓雯,对不起,小满给你添麻烦了。

马晓雯凄然一笑,低下头:该是我对不起你们……是于浩然害死了杨雪姐。

宋杰说:这怎么能怪你呢。这事和你没有关系。

马晓雯把自己更换号码,接到小满电话以及每天和小满通话的事对宋杰和盘托出。宋杰眼睛红了。马晓雯说:我愿意和小满通话,小满太让人心疼了。宋杰哥,就让我和小满一直通话吧,就算是……赎罪吧。

宋杰心下五味杂陈。他为小满难受,也更深地感到歉疚;他感激马晓雯,却觉得无以为报。

对于小满和马晓雯通话这件事,宋杰决定不阻止,事实上,他也无力阻止,毕竟这会让小满眼下的生活照进一缕阳光。

怀 疑

高龙彬给宋杰下达的最新任务，是尽快摸清长坤的底牌。

当了副总的宋杰，按说该更多地了解到长坤的内幕,现实却是,他知道的仍只是皮毛。

王文强让他主管生产和后勤。公司的后勤工作,主要就是看管那些建筑。哪儿漏水了,哪儿断电了都要找他。主管生产听起来严肃也重要多了,就是负责车间的生产。现在长坤有四个车间，两个生产西药，两个生产中药。他每天到车间转一转。其实车间的具体工作有车间主任管着，技术问题工程师负责，宋杰也没什么可做的。车间一天二十四小时正常运转着。不过宋杰了解到，车间生产的药绝大多数并非市场上紧俏或急需的产品。他暗自算了笔账，结论是产品并不能给长坤带来多大效益，长坤上下却很红火，并不缺钱的样子。其中原因，看来只有王文强等高层才能解释了。

虽然是副总，也经常与其他高管在一起开会，但包括王文强在内，每个人对他说的都限于场面话，生产、销售、安全等老一套的内容。宋杰要真正取得王文强的信任，尚需时间。

孙可正拿着报表向宋杰汇报生产进度，王文强来了。孙可叫了声“王总”，便退了出去。

王文强乐呵呵地坐到宋杰对面的椅子上：孙可是好姑娘，我没说错吧。

宋杰笑笑：做事挺认真的。

王文强道：夫人都去世一年多了，你也该为自己和孩子考虑考虑了。孙可大学一毕业就来长坤了，人单纯得很。

不等宋杰有所回应，王文强将话题一转：于浩然，我可真没看出来，竟然瞒着我，瞒着公司干出这样的恶事。夫人竟然也是被他害死的。

宋杰不说话，望着王文强。他多么希望能穿透那张脸，看到这个人脑子里的秘密。

刑警队应该顺着于浩然这条线索挖下去,他能干下这么多恶事,胆子得有多大,他背后一定还有背景。王文强表情认真地说。

宋杰道:王总,于浩然这一死,线索恐怕就断了。

王文强问:听说,杀死于浩然的人还没有抓到?

宋杰摇摇头:没听刑警队的人说过这事。

王文强说:早点抓住那个凶手。抓住他一切就都真相大白了。你没听说吗,社会上居然有人在传是我找人杀了于浩然。这可是关乎我清白的大事。

宋杰笑道:一定会破案的。

担任副总之后,宋杰找借口让孙可到办公室拿出钥匙,打开办公楼五层的铁门,终于把他疑心已久的五层以上的神秘空间踏勘一番。可那里除几个房间存放着一些办公用品外,多数房间正如王文强所说,空空如也,墙角都结了蜘蛛网。

这样,长坤的角角落落、上上下下,宋杰算是都细细查看过了,除了王文强等高管的办公室。

王文强有个习惯,要找什么人说什么事,绝大多数时候都是自己前往对方的办公室,外间有人到场,也总是让办公室的人先带往会议室,自己再过去。对此,大家都已经习惯了，也就不会贸然去敲他办公室的门。细想之下，能在他办公室坐坐的人是屈指可数的，也就极少数的高管而已。

宋杰回忆，自己这个“人才”去王文强办公室谈话，也不过两次。他有次听孙可对别人解释：王总有洁癖，不喜欢别人进他办公室，卫生能自己打扫都不找别人的。

难道长坤的秘密就在王文强的办公室里？最近这个问题越来越频繁地在宋杰心中盘桓。然而，王文强的办公室在宋杰看来太过一目了然，不像能藏得住什么秘密。

自打搬到办公楼，宋杰与孙可交集日多。除了工作，就是工作连带的一些生活琐事，中心是小满。最初，宋杰对孙可接小满回家还有点不放心，怕小满认生。

常常他在公司会还没开完，便收到孙可的短信：小满自己在家看电视呢。冰箱里的水果我拿出来切好，放到小满屋里了。

他回个“谢谢”，偶尔配上一个笑脸的表情。

很多次，宋杰回到家时，孙可连饭菜都做好了，有的放在蒸锅里，有的放在微波炉里。孙可做的饭菜正如其人，很清新的感觉。

小满说：孙可阿姨给我买好吃的了。

小满说：孙可阿姨做的菜好吃，快赶上妈妈了。

有时宋杰打开冰箱被吓一跳，里面满满当当，有肉有蛋，各种蔬菜,整齐地摆着。

对孙可照料小满,宋杰心是放下了,但又升起另一种不安。只要发现孙可为小满买了零食,或添买了食材,他见到孙可,就要给孙可钱。他说:怎么能用你的钱。你帮我,我就感激不尽了,快拿着。孙可把钱拿起来,抽出几张,又把剩下的还给他,并冲他笑笑。

宋杰看得出来,孙可的笑有点勉强。他让孙可尴尬了。

新　生

马晓雯一周没有上班了。

如果说于浩然被杀对马晓雯而言仿佛一个巨浪，那么，于浩然买凶杀人就不啻一场海啸了。

上个周末,他们还一起去逛了商场,兴之所至,购买了请柬、大红喜字等等。他们还讨论了拍婚纱照的影楼、摆喜宴的酒店。他们一致决定要办一场简朴的小型婚礼,只请一些最亲近的亲朋来参加。现在那些情景、那些话语,都已如隔世了。

马晓雯浑浑噩噩地在自己房间里待了三天,大多数时候躺在床上,几乎不怎么吃东西。

值得庆幸的是事发前母亲就出门旅游了,而父亲除了送水送饭,并不用安慰、劝解什么的来打扰她,使她可以用仅存的体力来尽情地哭泣,用仅存的理智来安静地思索。

被自己不幸言中,于浩然真成了自己永远的痛了。与自己想象得不同,这伤口不仅很疼,还非常丑陋,非常狰狞。

父亲苦劝自己和于浩然分手的时候说过,吸毒的后果是难以预料的,不单单会罹患身体的和精神的疾病,会在吸食不到的情况下死于并发症甚至自杀,一直要跟掌握毒源的人群或团伙打交道,才是最危险的,那些暗黑人士比毒品更可怕。

你现在能看到的只是于浩然吸毒而已,他吸食毒品这种行为背后可能存在的纠葛,你是看不到的,也根本想象不到,人们常说"一入毒门深似海",也包含这层意思。凡是吸毒的人都有一个特点,就是他们的行为是围着毒品转的,所以,在直接死于毒品前,也可能死于被杀,还可能丧失了人性去杀人。晓雯,你知不知道?! 父亲这样严肃地诘问她。

我是个白痴! 那时我还不肯相信,觉得这都是小说里、新闻里才会有的……马晓雯深自痛悔, 一开始我就应该报警,就应该送他去戒毒所的,那样他就不会害人了。

现在看来,于浩然该不仅仅是吸食毒品那么简单,正像他自己说的,如今他有钱了,买毒并不会给他造成经济困难,何况他还有那么多存款。从他跟自己含含糊糊承认的情况看,他在小孤山镇就开始吸毒,这许多年下来,一般人早维持不住，倾家荡产了。不管他是被什么人杀的，为了什么被杀，他花那么多钱，去杀员工，去杀刑警队副队长的妻子，该不会只是为掩饰自己吸毒的事。于浩然再鬼迷心窍，吸毒和杀人的区别还是清楚的吧。难道他参与了更不堪的事，例如贩毒？马晓雯越想越清醒，越想越害怕……

马教授端着晚饭进来了。

马晓雯挣扎着坐起来：爸，我想我得再去一趟公安局，有些事情我要说清楚……

马教授制止她：要说也得有力气去说，先吃饭。你想说什么我大体也能猜到……

马晓雯疑惑地望着父亲。

马教授把饭菜在桌上放好，在床沿上坐下来，爱怜地捧起女儿的脸，为她擦去残留的泪水：结案书的内容我知道，我也打电话问过了。不过，晓雯，你也可以不去，像于浩然这种案情，该掌握的公安局已经都掌握了，如果需要，他们会找你的。现在第一重要的事是照顾好你自己，你还要继续生活，你的工作还等着你去做呢。

马晓雯眼中又溢出泪水，她啜泣着：爸，为什么……你说为什么浩然要……

马教授抚着女儿的头发：为什么要去杀人？

马晓雯点头，但说不出话。

马教授叹了一口气：这个爸爸也疏忽了。于浩然是寒门子弟，我们都只看到他上进的一面，为他有这样的想法高兴，没有想到他可能会不择手段。晓雯，我想他是因为穷怕了啊……

马晓雯去了于浩然家。

室内一切如昨。此情此景，就像在过去每一个普普通通的日子里一样，于浩然上班未归，她在这里等他回来。

马晓雯在室内信步走着，看着。

一瞬间，自己在这里度过的点点滴滴的时光全都蜂拥而来。

这张沙发，如果于浩然迟归，自己就在这上面躺着看电视等着，经常看着看着就睡着了。

这张餐桌，饭后自己偶尔会在这里批改作业。

而这扇窗，他们曾在窗前争吵，或者相拥而泣。

…… ……

这里的一切，马晓雯曾经以为都是于浩然用汗水换来的，足以让她引以为傲。而今，某些话、某些事从记忆深处浮上来，让她心惊。

于浩然曾经说过：我恨我的家庭……

于浩然有钱之后，先帮哥哥操办了婚事，又帮父母盖了新房，隔三岔五还帮衬亲朋，但老家的人来找他，他是连公司的门都不让进的，更别说带来家里。他直接刷卡让他们住进宾馆，再留下钱让他们自己随便玩，很少见面，也从来不陪……

马晓雯没见过于浩然老家来的人，一个也没有。想来于浩然是嫌他们丢脸吧，贫穷滋生的自卑早已在他心中扎下了根。可惜自己从来没有看清过这一点。

马晓雯觉得自己终于从一场大梦中醒来了。

马晓雯锁上大门离开。她不打算回头再看一眼。从此，她不会再来了。

早上，马晓雯起床洗漱，收拾停当后下楼。她把一并拎下来的大包小包扔进垃圾箱。那是于浩然送她的礼物，包括衣服、首饰，以及其他一些东西。

她穿过悠闲散步的人，让过撒欢奔跑的小狗，从跳广场舞的大妈们身边走过。她渐渐加快了脚步。风拂过她的脸颊，她嗅到青草和树木的香气，觉得身体重新充满了力量。

马晓雯推开教室的门，只有片刻静默，学生们纷纷起立，用掌声和笑脸欢迎她的归来。看着学生们，马晓雯露出一个微笑，她压抑着眼中的潮意，迈步走上讲台。

傍晚时分，手机铃声响起。是小满。

马晓雯定定地看着手机屏幕，迟疑片刻，按下接听键。

小满说：妈妈，我从幼儿园回来了，爸爸还在上班呢，现在就我一个人。王小迪今天给我一袋饼干,是她妈妈从国外带回来的,可好吃了。妈妈,我只吃了两块,剩下的都留给你,等你回来吃,你能不能快点回来呀……你累不累?那里冷不冷?累了你就歇会儿,冷了你就多穿衣服……

马晓雯眼圈又红了。她一边埋怨自己不争气,一边温柔地说:小满,饼干你吃,妈妈这里什么都有。等妈妈回去,给你带好多别人没有的好吃的。

小满说:妈妈,我都快忘记你的样子了。爸爸让我看你的照片,说这样就忘不了了,可一看照片,我就更想你了。妈妈,快回来吧,牛奶我不喝了,鸡蛋我也不吃了,我省下钱来,你别工作了,好不好?

马晓雯说:小满乖,妈妈也想你,坚持一下,再坚持一下,妈妈就回去了。

马晓雯买了一大堆孩子吃的零食,叫快递上门。

快递员看一眼快递单,狐疑地问:寄件地址"天堂"?

马晓雯说:对,就这么填。

快递员笑笑,背上包走了。

和小满通电话的事,马晓雯已经和宋杰说好了。

马晓雯下定了决心,她要照顾这个因为于浩然失去母亲的孩子,给他温暖,直到他长得足够大,足够有力量,能够接受真相。那时，她还要勇敢地告诉他，是自己的未婚夫让他失去了母亲，而自己这个阿姨其实也有不能回避的责任。

自己对不起的还有宋杰哥。于浩然让宋杰哥的家庭残缺了，这是怎么也弥补不回来的。记得杨雪姐出事以后，宋杰哥陡然消瘦了。一个大男人，带着那么小的孩子，这段时间是怎么熬过来的，可以想见。

马晓雯想起当初自己还感到难以理解——失去亲人，又失去事业，从刑警队副队长变成保安队长，落差那么大，宋杰哥除了瘦，简直就像什么事都没发生一样，该干什么干什么，该笑也笑。那时，她意识不到宋杰是有多么坚强，而今天，自己遭逢了大起大落之后，才有了深刻体会，体会到走出伤痛需要多大的毅力。

马晓雯对宋杰，在熟稔和同情之外，又生出一种别样的感情，同命相连还是什么的，她一时半会儿也分辨不清。

小满在家门口收到了快递。像往常一样，孙可接他放学回家。孙可笑眯眯地说：都有人给小满寄快递了呀。让阿姨看看……天堂？

孙可一怔：是谁呀？告诉阿姨。

小满把快递搂得紧紧的，躲开孙可，跑向自己的房间：保密！

孙可进进出出忙着做饭，小满探过好几次头了：还没做好？

孙可笑：小满这是赶阿姨走呀。好，就快好了。

孙可收拾停当，冲小满房门喊一声：好喽。阿姨走了啊。说完锁好防盗门，下楼了。

小满拨通妈妈的手机，喊道：妈妈，你寄来的好吃的，我收到了……

天堂快递？

宋杰听孙可讲完快递的事，明白是马晓雯。

宋杰对孙可笑笑：小孙，谢了啊。我回家再问小满吧。

看来，晓雯已经从于浩然的事情中走出来了。关上车门，宋杰深吸一口气，对自己说：宋杰，你要快一点，快一点揪出那只手，让卷入这件事的人有冤得伸，有罪得罚。

请 求

高龙彬通报宋杰于浩然案情况：

刺死于浩然的估计是一把自制三棱刀具，一刀命中心脏。现场脚印、指纹等痕迹经排查、对比，只有于浩然自己的，推断凶手自始至终戴了鞋套和手套。

电梯内监控录像中的身影，经排查、分析，基本可以判定不包括凶手,因而推断凶手避开乘坐电梯,而是爬楼梯上下。

于浩然家所在楼栋四周的监控录像,包括正对单元门的一部摄像头拍到的,也未发现可疑人员踪迹,似乎表明凶手是由地下车库进出的。地下车库仅在车行出口和入口分别设有摄像头, 其中一部是坏的, 如果摄像头没有摄下凶手,那么,他极有可能是选择从这里进出楼栋。

案发时段不算太晚,进出小区的人员很多,小区保安由秦南坡亲自详细询问过,都回忆不起什么特别引起注意的人和事。

小区大门外一百多米即是一条马路,往来车辆在此交汇成车流。马路旁有公交站,公交站周边设有多部摄像头,分析后也一无所获。

从案情看,聂远达指使的两起杀人案,主使者都是于浩然,至于于浩然背后的主使者,他的死让侦破受阻,暂时无法向前推进了。

目前有一个疑点没能充分调查,那就是王文强。无奈之下,高龙彬就搜查长坤请示市局,被否了,理由两条:第一,没有直接证据,搜查等于打草惊蛇。第二,王文强是省市两级人大代表,长坤是省市重点企业,搜查必须慎之又慎。

由长坤内部打开缺口,就靠你了。高龙彬总结道。

几天后,傍晚时分,宋杰来到马教授家。

马教授开的门。

客厅里电视播放着《新闻联播》。见宋杰进来，吴言从沙发上起身，随手把幼儿园手工放在面前的茶几上。

吴言冲马晓雯房间喊：晓雯，你宋杰哥来了。

马晓雯从房间里出来，对宋杰笑笑，拐进厨房，未几，端出杯热茶，放在宋杰面前。

宋杰从包里掏出只盒子递给马晓雯：送给你。

马晓雯略显惊讶：什么呀？

马晓雯打开盒盖，取出一条漂亮的丝巾。她抖开看看，顺手就围上试试。吴言在一旁赞赏道：好看。宋杰，眼光不错。

马晓雯醒悟过来，不好意思道：宋杰哥，这是礼物吗？

宋杰道：是小满的礼物。你那么照顾小满，我替小满送的。

马晓雯会意一笑，把丝巾收起来，回自己房间去了。

宋杰陪马教授继续看《新闻联播》。

吴言说：宋杰，上次跟你提过的，我们幼儿园的小李老师，找个时间见一下吧。

宋杰赶紧说：让阿姨操心了。过一阵再说吧，我现在没那个心思。

吴言叹口气：这一晃杨雪走了那么久了，你一个人又当爹又当妈，太不容易了。想起了什么似的，问：这些日子替你接小满的那个姑娘是谁呀？长得挺漂亮的。

宋杰说：我们办公室的同事。

吴言笑说：我还以为是你女朋友呢。年轻又漂亮的。

《新闻联播》完了，马教授关了电视，把宋杰拉进书房。

马教授顺手把门关上，到窗前推开一条小缝：抽支烟。

两人面对面坐下，点上烟。

马教授问：最近怎么样，还好吧？

宋杰笑笑：就是混日子呗。

马教授严肃起来：混什么混。宋杰，你天生就是做警察的。前几天我见着高龙彬了，我让他找个机会把你要回去。

宋杰又笑：我真觉得这样也挺好的，收入高，还可以照顾小满。

马教授突然压低声音：听高龙彬说，杀于浩然的人还没线索，这事你怎么看？高龙彬说你也去过现场。

宋杰摇头：我现在就是个老百姓，没资格说这些。

马教授道：竟然说这样的话，亏你还当过刑警队副队长，市里也算挂了号的。你凭经验分析分析。

宋杰望着马教授：没破案，一定是证据不足。老师，说不感兴趣是假的，我也想听您分析分析。

马教授说：只有两种可能，一种是熟人，不仅和于浩然熟，对小区环境也了如指掌，知道哪里是监控死角。另一种……

宋杰目不转睛望着马教授，错觉般地，见他眼神似乎闪动了一下。

……要么就是职业杀手,如果真是这样,于浩然身上无疑藏着更大的秘密。马教授接着说道。

宋杰说:老师,您这两个设想我也都想过,但是两个都缺少作为突破口的证据。

马教授把已熄灭的烟头丢进烟灰缸:晓雯……晓雯找了一个错的人,为他耽误了那么长时间。杨雪……

宋杰见马教授眼中已泛泪光,忙安慰道:老师,不能怪晓雯,是社会太复杂,什么人都有。

马教授重重叹口气:当初他们恋爱,我和你阿姨,要是有一个站出来反对,就不会有今天这个结果。还是怪我们,是我们害了晓雯。

马教授望着宋杰,郑重地说:我这辈子教过那么多学生,接触的都是你这样的。社会上的人我们不放心,刑警队有合适的,真的,你帮晓雯介绍一个。

微　妙

自孙可当上宋杰助理,她就承包了工作日接送小满的任务。小满因此渐渐地和孙可熟悉并亲密起来。

每天下午在幼儿园接到小满,孙可都会带小满去趟超市,给小满买几样零食,顺便带回几样蔬菜。到家后,小满便把自己关进房间，他每天这个时间都跟天堂里的妈妈通话，雷打不动，这是他和妈妈的约定。此时，孙可则在厨房里忙碌着。饭用电饭锅焖好，炒菜放到微波炉里，做完这一切，孙可就离开宋杰家返回公司，此时也就接近下班。宋杰有时加班，那她便留下，坐在办公室里听候吩咐。宋杰加班大都是公司高层开会，有时在会上给她发短信，让她把某份报表送到会议室，有时直至会议结束也不曾找她，不论找不找她，她都要等宋杰离开办公楼回家才走。

宋杰回到家，从电饭锅里盛饭，再将微波炉里的菜加热，端上桌，与小满“解决”晚饭。

小满爱吃孙可做的饭菜。尽管宋杰对吃现成饭常常感到不好意思而且不安，但也不得不承认，孙可急他所难是急在了点子上。自宋杰一个人拉扯小满，最初，晚饭都是他从公司食堂打包回来。日子久了，小满就有了意见。有一天，孩子对他说：爸爸，我想吃妈妈炒的土豆丝。他下厨去给小满做。端上桌后，小满尝了一口就不再吃，半晌，委屈地说：爸爸，你炒的土豆丝一点也不好吃。他看着盘中粗细不匀的土豆条，委实自己也没有了下筷子的欲望。那以后，他就买了几本家常菜谱，只要有时间就奋发图强，照着菜谱给小满做菜。不能说没有一点点进步，但就是达不到小满的要求。常常饭吃一半，小满放下勺子：爸爸，我想吃幼儿园的中午饭了……不管怎么说，孙可出现后，他们父子的吃饭问题算是得到了比较完美的解决。

渐渐的，周末的时候，孙可会给宋杰发条短信：下午我带小满去看场电影吧。

接到这样的短信，宋杰总会回道：别辛苦你了。小满想出去玩，我带他。

再没短信过来，但过一会儿，孙可却按响了门铃。她进门后对宋杰笑道：我和小满约好了，一会儿看电影，晚上去吃西餐。说完帮小满换衣服，带上水，两人出去了。

看下午场电影的日子，孙可和小满总在傍晚过后回来。孙可带小满进屋，并不马上就走，而是把小满换下来的衣服放到盆中，又问宋杰：宋总，你的衣服呢，一块洗了吧。宋杰连忙拒绝：不麻烦你，我自己来。但孙可已经进了宋杰房间收衣服，有时索性连床单、被套一并拆下，拿去卫生间。

孙可洗衣服用手，宋杰总说：用洗衣机吧，洗衣机省劲。

孙可并不看他：洗衣机洗得不干净，还是手洗好。说着，手下并不稍停。

孙可的主动和勤快让宋杰感动，也让宋杰尴尬。多少次她离开时，他都说：孙可，以后不要这样了，家务我都行的。每天帮我接送小满够辛苦的了。

然而，孙可依然故我。

宋杰看得明白，自从孙可在这里进出，他的家在慢慢发生变化，变得陈设整洁，窗明几净，连空气的味道也有一丝丝温馨了。他不由得感慨，人们说得真对，有女人的家，才像个家。

宋杰当然能够感觉到，孙可对自己和小满的细心周到里有着一点不同寻常的东西，但那到底是一种基于同情的热心，一种并不自知的爱恋，抑或，是一种刻意而为的诱惑，他还不能够厘清辨明。

有一次，孙可拿着拖把擦地，他忙不迭抢过去自己上手，孙可站在旁边，抬手抹一下额头的汗，道：你和他们一点也不一样。

他停下来：他们？

她笑道：公司那些人。

他问：为什么这么说？

她却换了一个话题：我从小就喜欢警察。我也不知道为什么，有警察在，我就觉得特别踏实。

他纠正说：我不是警察了。

她低下头：我知道。

她给他讲了一个故事。那年她高考，进考场前发现忘带准考证了，是一名警察开车载着她回家取了准考证。她说：要不是那个警察，我就得复读一年。

她还说：我之前就知道你，从报纸上。

她说的是他连续几年被省厅评为优秀刑警。他的那些事迹上了报纸。

她又说:你在保安队的时候,我每次进出公司大门,都会留意你,看到你在保安室和那些保安在一起,我有点难过。

他惊讶地去看她的眼睛,她却避开他的目光。

他没有看清她的脸是否红了。如果她是在表达一种好感的话,他并不能肯定那是假意还是真心。

周末又至,孙可照例带小满去看电影。两人穿戴停当,正要出门,孙可脚下一顿,转身对宋杰说:一起去吧,今天是是枝裕和的《小偷家族》。

踌躇间,小满过来拉住宋杰的手:爸爸,一起去嘛。

宋杰只得点点头。

原来他俩常去的电影院并不远,走路也就十几分钟的样子。

三个人看完电影,又去吃了火锅。

对宋杰来说,在电影院看电影是睽违已久的事了,他还是和妻子杨雪刚刚恋爱时做过。今天,三人组看电影给他的感觉是既新鲜,又有点不自在。

在火锅店里,宋杰坐在孙可和小满的对面。

孙可问宋杰:电影好看吗?

说实话,这部影片对宋杰是多少有些触动的。他点点头说:好看。

孙可微笑着,脸红红地说:是啊,本不是亲人的一家,却那么有爱……

锅中浓汤沸腾，桌上热气氤氲，宋杰望一眼对面兴高采烈的小满和笑意盈盈的孙可，再看看四周——来这里就餐的顾客多是其乐融融的一家三口，心中不由微微一震。

自己怎么能忘了呢，和李大旺一样，孙可也是王文强安排到自己身边的，更何况，她还是王文强有意给自己介绍的“女朋友”。或许孙可对自己是存了几分真心的，但也不排除王文强正是利用这真心，诱使她接近自己，以期从自己这里听到或拿到些什么……

女　人

近来，王文强时不时会到宋杰办公室坐坐。

今天他来，居然还端着一杯刚沏的热茶。

王文强瞥见桌上有盘水果，拣出一只橘子剥开：是孙可送来的吧？

宋杰点点头：刚送过来的。

王文强似有深意地微笑说：孙可……这个姑娘不错！

宋杰也笑笑，但没说话。

王文强说：孙可起先是于浩然招来的，在采购部，我发现她和别的姑娘比有点特别，就安排到了办公室。

宋杰认同:孙可工作称职,是个好员工。

王文强一副语重心长的口吻:宋杰,有些事过去了就该忘掉。你这么年轻,孩子又小,遇到好姑娘千万别错过。

宋杰望王文强一眼,并不搭茬儿,顾自掏出烟来点上。

王文强微微尴尬,改变话题道:工作方面有什么困难吗?

宋杰说:孙可把情况介绍得挺详细,工作基本摸清了,暂时没什么困难。

王文强像是突然想到令他不快的事,叹口气:从草创起,于浩然就在长坤……那么上进的一个小伙子,却出了这事!我都不敢相信朋友了。

宋杰像是安慰王文强:他是他,别人是别人。

王文强与宋杰视线相接:凶手还没有抓到,你说会是谁呢……

宋杰说:这个谁猜得到。要是已经有目标,那也只公安局的人才知道。说时,并不闪避王文强的目光。

王文强将目光转向别处,似在思考,突然又转头盯着宋杰,压低声音问:咱们私下说,你觉得会是谁呢?长坤得罪过不少同行……

宋杰似颇无奈地微微一笑:我现在不是警察了,没权调查了。不过话说回来,公安局既然没个说法,估计成悬案了吧。王总,咱别费心思瞎猜了,公安局总会给个说法。

王文强略有些不悦:也对,也对。

两人又说些闲话，王文强才端着茶杯走了。

最近宋杰天天跟踪王文强，而王文强按时上下班，回家后仍旧闭门不出，直至次日上班。不知是真清白，还是处心积虑地滴水不漏。

宋杰坐不住了。

宋杰约高龙彬见了一面。高龙彬告诉宋杰，于浩然死后，刑警队的人一直跟踪王文强外出期间的活动，结论是到目前为止，王文强一切正常，并无任何可疑之处。

宋杰则就此向高龙彬提出归队申请：我感觉在长坤这么耗下去，已经无大意义。

高龙彬说马上和市局领导请示一下。

放下手机，高龙彬传达市局领导指示：于浩然案水落石出前，宋杰不能归队。

宋杰只能服从。

马晓雯也成了宋杰家的常客。

自从当上小满天堂里的妈妈，马晓雯变了。以前，马晓雯对孩子没什么感觉，她生活中也从没出现过小满这么大的孩子。可小满闯了进来，居然从此就住在了她的心里。她以妈妈的身份和小满往来，不仅在电话里——经常会有从“天堂”寄给小满的快递，时间一久，快递小哥便也猜到了，善意地帮马晓雯守护着这个秘密。

此外，马晓雯也经常带小满出去玩，尤其在于浩然从这个世界消失以后，她把大部分时间都给了小满。她带小满吃想吃的，玩想玩的。有时两人正玩得高兴，小满的情绪会突然低落下来。他喃喃着：要是妈妈在就好了。毕竟，小满记事了，而母亲是孩子不可磨灭的记忆。每当这时，马晓雯就宽慰小满说：等妈妈从天堂出差回来，咱们一起玩。小满听了就又高兴起来。

一天，她和小满在外面吃过饭才送小满回家，宋杰正等着他们。安顿好小满，马晓雯就告辞出门。宋杰送马晓雯到楼下，向小区大门走去。宋杰说：晓雯，你为小满做的这一切，我都不知道该怎么感谢。

马晓雯停下脚步，望着他：我喜欢小满，做这些是我的心愿。

宋杰认真地望着她的眼睛：晓雯，你该留点时间给自己。

马晓雯怎能领会不到宋杰话中含意，她的情绪瞬间低落下来：宋杰哥，你不用为我的事操心，在我眼里，世界上没有靠得住的男人。

说完，她转身走了，留给宋杰一个孤单落寞的背影。

宋杰曾特意为马晓雯去了趟马教授家。那是个星期天，马教授夫妇和马晓雯都在。坐了一会儿，马晓雯带小满去公园了。

宋杰跟马教授在书房聊了会儿天，话锋一转：刑警队的黄小出您认识吧？

黄小出马教授也教过，娃娃脸，个儿不高，却给人很壮实的印象。就在不久前，高龙彬和刑警队的人来探望马教授，黄小出也来了，立在门口，不进不出地。马教授让黄小出进来坐，他却不肯，非说喜欢站着。

马教授点点头：小出这孩子怎么了？

宋杰说：小出还没谈朋友，我的意思，想介绍给晓雯。

马教授不搭茬儿，却招呼老伴进来。宋杰又把这意思跟吴言重复了一遍。

吴言沉默半晌，道：你说的那个黄小出我有印象，来过家里两次。他比晓雯小。

宋杰说：是比晓雯小一些，两岁吧。吴阿姨，小出一到队就是我带的他，这孩子机灵，也本分。

吴言叹口气：宋杰，晓雯被于浩然伤着了，估计现在对谁也不会轻易动心。这样，抽空我问问吧。

黄小出的事，后来马教授夫妇谁也没再提，宋杰也就不好再追问。估计被马晓雯回绝了吧。

小满生病了，发高烧。医院去了，打过针，服了药，烧还不退。小满脸色苍白，嘴唇干裂，昏昏沉沉睡着。

孙可帮忙照顾小满，忙前忙后一下午，宋杰一进门就赶她回去休息。孙可不得已走了。

宋杰煮了粥，往里面放了糖，还蒸了鸡蛋糕，可小满一口也没吃。孩子半睁着双眼，虚弱无神地望着父亲。他说：我想妈妈了。说着眼泪就流了下来。

小满一哭，宋杰顿时慌了神。孩子是妻子一手带大的，发这样高的烧，自己独自面对，宋杰还是第一次。他手足无措了。

宋杰给马晓雯发了条短信：小满高烧不退，怎么办？

马晓雯没有回复，径直就来了。小满伸出一只滚烫的小手，马晓雯把它握在自己手中：小满，阿姨在这儿。小满不说话，只是流泪。

马晓雯对宋杰说：孩子烧得厉害，不能在家等着了。

宋杰说：白天去过医院，打过针，也吃了药了。

去的哪家医院？

市中心医院。

马晓雯给小满穿衣服：不行，得去儿童医院。

马晓雯抱小满下楼，宋杰开上车，三人直奔儿童医院。

看过急诊，化了验，医生诊断：小满得了肺炎。

于是又打针又取药，直折腾到半夜才回到家。

宋杰深感内疚。他对马晓雯说：折腾到这么晚，我送你回家，你明天还要上班呢。

小满听说阿姨要走，死死抓住马晓雯的手不放。

马晓雯摸了摸孩子额头：我今天在这儿陪小满吧。说完，和衣躺在小满的身边。

宋杰把台灯打开，把顶灯熄掉，退了出去并带上门。

宋杰没回自己卧室，而是坐在客厅里抽烟。

孩子从小到大，自己除了工作还是工作，或许是名尽职的刑警，却不能说是尽责的父亲。以前小满生病，都是妻子照料，连半夜去医院，自己都极少跟着。今天所发生的一切都证明，在照顾孩子这件事上，自己是个彻头彻尾的白痴。这么想着，愧疚和自责险些压得他喘不过气来。

头枕双臂，宋杰斜倚在沙发上，想睡却睡不着。不知过了多久，蒙蒙眬眬中，他看见妻子站在面前，对自己说：你要照顾好小满，把他好好养大。不知又过了多久，他醒了，是被马晓雯哄小满吃药的说话声惊醒的。他依稀记得，在梦里，自己没出息地哭了。

宋杰赶忙到小满房间去。马晓雯已经让小满服下了药，正往孩子额头上敷湿毛巾。小满还是昏昏沉沉的。她轻声对宋杰说：没事，你再眯会儿吧。他退了出来。

一早，宋杰去外面买了早点。他进门，马晓雯也已经起床，洗过了脸。

他说：你吃点吧，我送你上班。

她说：我今天请假了，请同事代课。还是我来照顾小满吧。

他颇踌躇。她看在眼里:没事的,再怎么也是女人更细心一点。你上班去吧。

他说:怎么好意思再麻烦你……

她拿起一根油条:小事,就算我是帮杨雪姐。

宋杰上着班,心里并不踏实。他时不时地看下手机。他和马晓雯约好,若小满病情加重,她就给他发短信。

上午过半,收到她一条短信,却是报平安:小满烧退了一些,吃了几口粥。

他舒一口气。

中午过后,宋杰开车赶回家。昨夜医嘱,今天下午小满还要去医院打针。

宋杰推开小满房间的门,看见小满正倚在马晓雯怀里。孩子自己说,不觉得那么难受了。

三人赶往医院,又打一针。回家路上,就感觉小满精神多了。

到家已是傍晚时分。一出电梯,就看见孙可在家门口,欲走还留的样子。

孙可猛一看见马晓雯,颇有些意外的样子。宋杰介绍说:这是马晓雯。

几人一起进屋。孙可把刚买的蔬菜放到厨房里,说:我刚才去幼儿园接小满,老师说小满还病着。我猜你们一准儿去了医院,就买好菜等你们。说到这儿,她看一眼马晓雯。马晓雯进门后,先把小满在床上安置好,此时正张罗着给小满喂药。

孙可立了会儿,对宋杰说:那我走了。

宋杰说:谢谢你。不好意思,害你等这么久。

孙可走到门口,又回头说:需要我,就打电话。

宋杰点点头。

宋杰张罗做饭,先用电饭锅把米饭焖上,然后洗菜。菜洗干净,他拐到书房拿出一本菜谱。自从妻子不在了,他都是照着菜谱现学现做。妻子在时,他连厨房都没怎么进过。

这时背后响起马晓雯的声音:我来吧,小满睡了。

宋杰脸微微一红,退到一旁。

马晓雯做菜,宋杰在一旁看,偶尔打打下手。

饭菜好了,两人刚坐下吃了两口,就听见门铃响。

竟是吴言来看小满。

在小满房间里,吴言摸着正在睡觉的小满的额头,压低声音道:肺炎可不是小事,弄不好会出人命的。

宋杰嗫嚅道:为照顾小满,晓雯今天都没上班。

吴言说:不过搭把手的事,用不着见外。

宋杰把吴言送下电梯,送到单元门口,说:阿姨,吃完饭我就赶紧让晓雯回去,她一夜没睡。

吴言却劝道:就让她帮你带两天吧,男人照顾孩子怎么说也差着。

宋杰催促马晓雯:赶紧回吧,好好歇歇,明天上班。

马晓雯说:你一个人不行。再说,小满明天还有一针。

宋杰说:那我让公司的孙可过来。

马晓雯不好再说什么。

马晓雯认识孙可,在于浩然办公室见过几次,不过,两人没说过话。

孙可一定认出自己了, 她捕捉到孙可脸上一抹转瞬即逝的惊讶。当时她抱着小满,只冲孙可点了一下头,算是打招呼。

吃过饭,马晓雯拿过小满床头的药,叮嘱宋杰:这药三个小时后再吃一次,然后明早再吃。又说:明天下午带小满打针,要是需要人,给我打电话。

宋杰点头。

正要走时,小满醒了,抓住马晓雯的手,道:阿姨,我不让你走。又哭了。

马晓雯俯下身,把脸贴在小满的脸上:阿姨不走,阿姨不走……

马晓雯一连陪了小满三天。她给小满讲故事,给小满做他喜欢吃的饭菜,一直到小满睡着,她才休息。

第四天时,小满的病基本好了。

一周后,小满又去幼儿园了。

这以后,小满对马晓雯的依恋更深了一层。

战　友

默数离开刑警队的日子,是宋杰每天的早课。刑警队也是他的家,刑警队的兄弟们也是他的亲人。

工作需要,刑警队的人很少穿警服。队长高龙彬那会儿留寸头,穿牛仔裤。那条牛仔裤不知多久没换洗过,烟熏火燎的样子。

高龙彬不说废话是出了名的,能说一个字,绝不说两个。汇报工作,也用一个字开场:说。听完汇报,他立即把兄弟们叫过来,围在他办公桌周围。每个人依次分析案情,高龙彬听着,但不说话,把目光依次钉在分析案情者脸上。最后是他总结、分析,办公桌就是他的沙盘,桌上的水杯、烟灰缸、烟盒、打火机都是他的道具,他边演示边讲解。讲完了,他的目光又依次在每个人脸上停留,问:明白了吗?众人应道:明白!他挥下手:出发!众人上车,警车驶离分局大院,迅速汇入大街上的车流中。

在年轻刑警宋杰的心目中,偶像就该是高龙彬这个样子。

刑警队有两个神人，高龙彬是一个，另一个是秦南坡。

副队长秦南坡长年累月穿一件皮夹克，皮夹克很多兜，里面装了数不清的东西：枪、手铐、文件……烟和打火机必不可少，每议案情，秦南坡都一支烟接一支烟，抽得云里雾里。案情明晰，秦南坡立马把烟掐灭，拍下手道：妥了。然后这样那样地布置一番，开始行动。

秦南坡并非科班出身。他当过特种兵，从部队复员后先去的派出所。秦南坡是个侦探迷，早年就爱看福尔摩斯什么的。到派出所后，他开始自学刑侦，看了许多专业书。刑警队缺人手，调他过来帮忙，被高龙彬看上了，就留在了刑警队。几年时间，出生入死，办了数起大案，从破案到抓捕，精准而迅速，几次立功后，升任了副队长。

秦南坡一直保持军人风纪，不论坐立，腰杆挺得直直的，一下子就和其他人区别开来。一次市局领导视察工作，踱到秦南坡面前时，他一个立正敬礼。领导握着他的手说：当过兵吧？他说：是。领导赞许道：一看就是部队出来的。

警察队伍里有不少人是部队复员转业来的，另一部分，就是像宋杰这样的警院毕业生。

可能与部队经历有关，秦南坡战友观念很强。他视刑警队同事为战友，也像爱护战友一样爱护每一个人。

宋杰和秦南坡一起出任务无数次，印象最深要数那一次抓毒贩。兄弟们早早来到约定交易地点附近埋伏下来。宋杰和秦南坡躲在门面房里，从窗侧观察外面的动静，另两组队员埋伏在相反方向，离他们约几百米。接头时间到了，却不见有人来交易。

突然，秦南坡注意到一辆白色的车，而宋杰还没意识到这辆车和别的车有什么不同。只听秦南坡说了句：快！人已经冲出了门面房。宋杰只得紧随其后，冲向埋伏车辆，几乎脚刚踏上去，车就开动了，一个掉头，冲了出去。事发紧急，没来得及招呼另两组队员，此时秦南坡才通过对讲机通知：你们原地待命！我和小宋发现了可疑车辆。

他们的车跟着可疑车辆急拐了几个弯，对方发现有人跟踪，加快了速度，连闯几个红灯，疯了一样地往前跑。秦南坡当即按响警笛，又让宋杰通知其他队员增援。

白色的车驶出了城区，在郊区公路上一路狂奔。宋杰边播报位置边紧盯前车。离得越来越近了，秦南坡向可疑车辆喊话，声音从车顶喇叭传出去。那车非但没有停下的意思，反而加大油门向前驶去。

道路两侧已变成空旷的田野，被雪覆盖着，一片又一片的白色从宋杰身侧快速地向后掠去。

突然，可疑车辆拐进了田野，颠簸几下后停住了。宋杰他们的车义无反顾地扑过去。

有个戴墨镜的人从车里弹出来，把墨镜一扔，趺趺撞撞继续向前跑。

宋杰在前，秦南坡稍后，拼全力向前追。只见前面那人脚下一顿，回身开了一枪，子弹擦着宋杰头皮飞了过去。秦南坡往后猛拽宋杰一把，右手入怀拔枪，自己扑了上去。秦南坡边追边鸣枪示警：停下！不然开枪了！警告未果，秦南坡瞄准那人的腿部射出一枪。那人一个踉跄，向前扑倒，未几，回头见秦南坡和宋杰追了上来，猛然翻身，枪口对准了秦南坡。宋杰大叫一声“小心”，抢在秦南坡身前扑上去。枪响了，有些闷。那人握枪的手随即被宋杰死死按在地上。

瞬间，秦南坡就将那人两手从背后铐上。

就在此时，前来支援的另两组队员到达。

宋杰爬起来，但见雪地上一片血迹。

秦南坡惊叫一声：宋杰，你负伤了！

宋杰查看身上，方才发现子弹从左肩胛骨下方穿了过去。

事后，刑警队顺藤摸瓜，端掉了一个运毒窝点。为此，市局记宋杰三等功一次，记刑警队集体三等功一次。

也正是从那时起，他们隐约感到制毒团伙就在身边。如今，于浩然之死，让他们费尽心力追寻的这个制毒窝点，再次隐没到黑暗之中。

宋杰在医院里住了二十几天。

一出手术室，转运床就被秦南坡和兄弟们围得密不透风,一张张脸上写满了焦急和心疼。

在病房里,秦南坡拉着他的手哽咽道:好小子,你救了我一命!

宋杰故作无可奈何:谁让我是你的助手呢。

宋杰后来向秦南坡请教:那么多车,你怎么就一眼发现了那辆?

秦南坡说:咱们眼前过了三十五辆车,只这个人神色和其他司机不一样,左顾右盼。还有,那是个阴天,他却戴着墨镜。如果情报无误,就是他了。

宋杰意识到,想成为一名出色的刑警,自己还有不少路要走。

宋杰对秦南坡说:我以后就叫你师父了,你得收我这个徒弟,不许推辞。

秦南坡说:我不是你师父,谁也不是谁师父。只有你能教你自己,真的。你是个干刑警的料。说完,一双大手拍在他双肩上。

在刑警队，秦南坡和宋杰成了最亲密的搭档，最默契的战友。他们一个当队长，一个任副队长。看似扑朔迷离的案子，两人你一言我一语，每每就拨云见日，捋出了眉目。

接到宋杰被开除的通知，秦南坡不干了，拍着桌子上那张纸，仿佛恨不得把它拍没了：我不同意！这么点小事就把人开了！我去找市局，不行就去找省厅！

宋杰制止秦南坡：秦队，我自己也不想干了，孩子小，没人照顾。

秦南坡气咻咻盯着宋杰看了好久，突然大怒，吼道：宋杰，你就是个逃兵！

宋杰低下头去：秦队，多陪陪嫂子吧。

几年前，秦南坡的妻子查出乳腺癌，做手术时秦南坡在外地出差没赶上，是宋杰等兄弟守在手术室外面；待到做化疗，秦南坡还是没时间，只得请护工照料。前一阵子，秦南坡妻子癌症复发了，又进了医院。

秦南坡大声说：不用你管！

宋杰离开刑警队之际，在秦南坡为他召集的送别宴上，秦南坡拍着他的肩膀道：搭档，不论你去了哪儿，咱们还都是好哥们儿。

聚会结束，秦南坡送宋杰出门。雪花纷纷扬扬地落在天地间，落在两个男人身上。秦南坡对宋杰一个熊抱，哽咽道：

好兄弟,有困难不许不来找我。

走出好远,宋杰回头看,只见秦南坡仍在原地向自己挥手。

秦南坡果然常去探望宋杰,有时等在宋杰下班路上,有时等在宋杰家小区门口。他坐在车里等,看宋杰过来,便跳下车,两人站在车旁聊会儿天。秦南坡最常说的一句话是:你走了,我心里空落落的。接个新案子,一准儿就想起你。

于浩然案陷入僵局后,秦南坡曾约宋杰去自己家,两人喝了一顿酒。那次,秦南坡破例和宋杰提了几句于浩然案。他拍着宋杰的肩膀:兄弟,我辜负你了,到现在,于浩然的案子我还没有拿下。他低下头,语带哽咽:一直说要给弟妹报仇,人没抓到,对不起你。

其时,宋杰已然知道于浩然案势成悬案,因为现场有价值的线索少得可怜。但宋杰告诉自己,最黑暗的时刻,往往离曙光最近。他这么鼓励自己,也这么安慰秦南坡。

仰　慕

孙可觉得自己是宋杰最亲密的人之一,直到她在宋杰家中看见马晓雯。

孙可以前见过马晓雯几次，都在长坤，那时，马晓雯还是于浩然的女朋友。作为于浩然助理，每当有客来访，孙可都会去于浩然办公室端茶送水。第一次见马晓雯，于浩然为孙可介绍：我女朋友，马晓雯。孙可微笑着把茶放到马晓雯面前，夸赞道：于总女朋友真漂亮。于浩然笑一笑，孙可知趣地退出门去。

在孙可心里，马晓雯是一个中规中矩的女孩，说不上有多么出色，年龄比自己还要大不少。

孙可容貌、身材姣好，从高中起就不乏男孩追求，而她把这一切当成游戏。上大学时，她出脱得越发美丽，追求者甚众，众星拱月一般。她一直自信，也比同龄人成熟。那会儿她就想好了，绝不在学校谈恋爱。她不想把青春用在无谓的事情上，身边的那些男同学，在她眼里，都是些没长大的小屁孩。

她从小就对军人和警察有特殊的好感。最开始是孩子的好奇和神往。长大后，在有这些制服男人在的场所，她会觉得异常踏实。高考时，她把准考证忘在家里了，是警察开着警车载着她，一路飞驰去取的，这才没耽误高考。那以后，她对警察的仰慕和崇拜进一步升华。

她知道宋杰，最初是听同事说起。下班时分，她和同事结伴走，来到楼下院里。那时宋杰刚来长坤没几天，正站在保安室门口和别人交代着什么。同事用胳膊肘捅一下她，道：你看那个新来的保安队长。

她望了一眼宋杰那边，问：怎么了？

同事说：新来的，听说以前在公安局刑警队当过副队长。

她微微有些吃惊，又仔细看了眼宋杰：为啥到咱们这儿来了？

同事说：听说在刑警队犯错误了。

她后来才知道详情：副队长犯下的错误是暴打了一顿撞死他妻子的司机。孙可觉得这怎么能算错误呢——要是自己的亲人被撞了，自己也会去暴打司机，谁能不流露真性情呢。说他犯错误只是因为他是警察。

孙可不明白宋杰怎么会甘心当一名保安。后来，她从公司财务那里听说，宋杰是王总高薪聘来的。

孙可从此便留意宋杰了。在她眼里，宋杰和别的保安不一样。

宋杰任副总后，近距离地接触下来，孙可又发现宋杰和公司其他高管也不一样，究竟哪里不一样，一时说不清楚。最近她得出结论：宋杰和那些人相比，确实更像个硬汉。第一，他举手投足，没有一点官气，而是很阳刚。第二，他没事几乎都在办公室猫着，甚至很少说话，在长坤这种公司，这么当副总是不称职的。以前于浩然在时，办公室里人来人往，各色人等，谈生意的，聊天吹牛的，熙熙攘攘，乌烟瘴气。第三，他偶尔抽烟，但每次都先一步把窗子打开，抽完还要把烟雾从屋内驱逐干净。此外,他的办公桌也很整洁,东西摆放得有条不紊。宋杰似乎是个严谨、整洁的人。

孙可开始帮宋杰去幼儿园接小满。她第一次走进宋杰的家,看到的景象完全出乎意料。之前,她以为一个缺少女人照料的家,一定是混乱无序的。可她见到的是三室一厅里地面和桌面一尘不染,床上的被子铺得平平整整,就像要拒绝人在上面休息。当时就想,这是什么样的男人啊,竟能如此井井有条。

孙可爱上了宋杰。她知道宋杰今年三十三岁,生日是三月十八号,知道他的血型是A型。双鱼座,他的星座是双鱼座。据说,双鱼座的人神秘、复杂。

她经常在想,他有多复杂呢?

宋杰的身边出现了马晓雯的身影,看起来两人又是那么的熟络,这让孙可很感意外。她有意识地打听马晓雯的情况,得知马晓雯是化学老师,与于浩然原是大学同学,而马晓雯的父亲是警察学院的教授。又从宋杰那里了解到马晓雯的父亲正是宋杰的老师,马晓雯的母亲恰巧是小满所在幼儿园的园长。觉得自己找到了宋杰和马晓雯来往的依据,她心下释然了。倒是宋杰对她的态度,让她忐忑不安。她总觉得宋杰在刻意保持着与自己的距离,客气中有着几分生分。她决心自己向前迈出一步。

孙可终于等来了机会。三月十八号那天是周五,她接小满之前取了预订的蛋糕,又从超市买了一些菜。

宋杰下班回家,看到桌上摆着蛋糕和丰盛的饭菜,不觉愕然。

孙可和小满突然一起唱起了生日歌。

宋杰醒悟过来,礼貌地说:谢谢你孙可。他动手切蛋糕,一份放在小满面前,一份递给孙可,道:你们吃吧。

孙可疑惑道:你自己为什么不吃?

他说:我不喜欢甜食。

那天孙可离开时很是失落。自己为他过生日,他有意外,却没表现得有多高兴。他甚至都没问自己怎么知道他生日的,似乎完全不值得惊喜。

第二天,宋杰把孙可叫到办公室,将几百元钱从桌子上推到她面前:拿着吧。

她吃惊地睁大眼睛。

他说:你一定得收下,你不收,我下次没法让你帮忙照顾小满了。

他诚恳地望着她,眼睛里却没有一点回旋的余地。她把那几百元钱拿起,转身离开他的办公室。

钻进洗手间,她的眼泪止不住流下来。她问自己为什么要哭?委屈,伤心,难过,还是心灰意冷,或者兼而有之?她问自己为什么他要对她这么敬而远之?

孙可并没有到心灰意冷的地步。上大学至今,她有过无数个追求者,都没有动心,如今宋杰让她动心了。宋杰是她的初恋,或者单相思。她不死心,一定要当面把话说明白。

这天,她接到小满送回宋杰家,又返回公司,下班前来到他的办公室。她说:晚饭我做好了,放在微波炉里。

他客气地说:谢谢。将要出门,他又回身说:你也早点下班吧。

她走过去,索性靠在门上,挡住他的去路:宋杰,我愿意一辈子照顾小满。

他怔住了,吃惊地看着她。

她鼓足勇气:我喜欢小满,也喜欢这个家。

终于,他退后几步,坐回到办公桌后面。她跟过来,站在他对面。此时,她多么希望他伸出手拉住自己。

他却从抽屉里拿出烟,抽一支点上,半晌才道:孙可,谢谢你。说这话时,他不看她,望着桌角。片刻又道:我现在不考虑个人问题,小满还小……

她急切地打断:我愿意和你一起照顾小满。

他把烟在烟灰缸里掐灭,站起来:谢谢你,有那么多小伙子,他们比我更合适。说完,走向门口,却再没回头:你也早点回吧。拉开门走了。

孙可颓然地坐到他的椅子上,眼泪汹涌地流了下来。

她没料到会是这样的答案。

师　生

一个周六,马晓雯把小满接到自己家,两人猫在马晓雯房间里看动画片。

马教授从书房里踱出来,在客厅的沙发上坐下。旁边另一张沙发上,吴言正在读育儿的书。

马教授叹口气:晓雯过完生日就三十了。

吴言头也不抬说:三十咋了,咱俩说话她也不听啊。

马教授犹豫一下,说:她最近和宋杰走得很近。

吴言从书上抬起头:她是为了小满。没想到晓雯对孩子这么亲。

马教授说:宋杰这人不错,我是看着他成长起来的。

吴言审视马教授一番,说:别乱说,她怎么会对宋杰有意思。

马教授两手分别支在两只膝头,望着地板道:晓雯不能再这样耗下去了,同龄人孩子都上幼儿园了。

这事你去说,我说什么她都不听。吴言重又把目光投向书页。

马教授干脆挑明:吴言,你觉得宋杰这人怎么样吧?

吴言斜眼看他:好不好的,和晓雯有什么关系?我就觉得晓雯只对小满感兴趣。

马教授一时无言,回到书房,顺手把门关上。

周六,马教授打电话喊宋杰带小满来家里。他已和吴言商量好了,晚上包饺子,让宋杰和小满过来吃。宋杰无数次带小满来过家里,吃饺子还是头一回。

宋杰带小满来时,饺子包得差不多了。小满一进门,便轻车熟路地钻进马晓雯的房间里去了。宋杰略一踌躇,转进厨房帮忙。

吃饭时,小满和马晓雯有说有笑。马教授似乎格外高兴,破例拿出酒和宋杰喝了几杯。

饭毕,马教授说:宋杰,陪我散会儿步吧。

于是两人下楼。刚下过雪,脚步落在雪上发出吱嘎吱嘎的声响。

马教授脚步放得极慢。良久,他说:晓雯终于从于浩然的事中走出来了。

宋杰说:经过这事,晓雯比以前成熟了。

马教授自责地说:我教育晓雯也有问题,她太过单纯,明知道于浩然吸毒,还全然不顾。

宋杰心里想的却是于浩然案到这里就戛然而止了,一点进展也没有。前一阵子,省厅还派专家来重新梳理此案,也未获进展。于浩然之死成了谜。高龙彬指示宋杰尽快从长坤打开缺口,制毒团伙案告破,于浩然案可能也就迎刃而解。

马教授侧脸望望宋杰:宋杰,你有心事?

宋杰回过神来:没有。我就是想小满和晓雯还挺有缘的,那么依赖晓雯。

马教授不想再兜圈子,单刀直入道:宋杰,以后你和晓雯多来往。她三十了,也该找个男朋友了。

宋杰吃惊地抬眼,望着马教授。

最近一段时间,马晓雯为了小满做出很多努力。小满每天给天堂里的妈妈打电话,这秘密他和马晓雯默契地共同守护着。他从心底感激马晓雯为自己和小满做的一切。可是,他一直把马晓雯当成妹妹啊。他更没有想到马教授会这么直接。

两人不由都停下了脚步。

马教授说:宋杰,你是我的学生,我看着你一步步成长,我对你很放心。

宋杰嗫嚅着:老师……

马教授接着说:晓雯在感情上走过弯路,我不想她再受伤害。宋杰,你答应我。

宋杰感到很是为难:老师,晓雯在我心里就是妹妹,我从来没那么想过……

马教授打断他:那现在就开始想。

宋杰面对马教授不容置疑的目光,终于点了下头:老师,我答应你和晓雯多来往。

当天晚上,宋杰失眠了。他对妻子杨雪的思念从没中断过,他根本没想要再找一个女朋友或另一个妻子。此刻,他努力让自己想马晓雯,而关于马晓雯的一切,总像是拼贴在往事这部电影中的另一部短片,时而清晰,时而模糊,有些捉摸不定。

别 样

再一次单独见马晓雯,宋杰有些尴尬,说到底,心底还是产生了些微妙的变化,虽然他并没真的敢把马教授的话放在心上。他觉得,马教授出于对女儿的疼爱,出于对自己的关心,才急着撮合他们。

这天,马晓雯带小满去商店为小满买衣服,回来得晚一些,提前打电话跟他打个招呼。手机挂断后,他盯着屏幕上显示为“杨雪”的来电记录,心里涌起一种说不清的复杂感受。

马晓雯带小满回来,让小满试过新衣服,就要走。小满抱住她的腿,仰脸道:阿姨,我不想让你走。马晓雯只好留下来。

其时，宋杰已把饭做好，于是三个人一起吃饭。吃完之后，她帮忙收拾碗筷，他急忙制止，碰到了她的手，两人都怔一下。随即马晓雯说：我来吧。很快把碗筷连同桌子都收拾好了。

马晓雯从厨房出来，到客厅取了衣服穿上，头也不抬地说：我走了。

宋杰叫小满：小满，阿姨要走了，跟阿姨再见。

小满跑过来，又一次抱住马晓雯，看着马晓雯的眼睛充满了依恋。

宋杰穿上外衣，对小满说：我送下阿姨。

小满点点头。

马晓雯在电梯里等他。他关门出来，疾步走进电梯，马晓雯按下下行键。电梯在两人的沉默中缓缓下行。

两人来到马路旁，马晓雯先开口：回去吧，外面冷。

宋杰低头道：谢谢你。

马晓雯转身对着他：我知道爸跟你说了。

他明白“说了”指的是什么，一时不知说什么好。

她说：我让爸操了太多的心。于浩然的死也让我懂得了很多。

他抬起头，看见她眼里已噙了泪。

她说：我伤了爸的心，这些日子他老得特别快。曾经我觉得自己长大了，我的事和父母没有关系。现在我知道我错了。说着，泪水流了下来。

他从兜里掏出纸巾递给她。

她擦去眼泪：爸让我和你好，我也不想再让爸为我操心了。要是你觉得我能照顾好小满，就请和我交往。

说完，她转身就走。宋杰没有追上去，默默望着她的背影。只见她低着头，脚下不停，两肩耸动，似乎仍在哭泣。

他突然觉得，在这件事情上自己是被动的，马晓雯也是被动的。两个被动的人最终能走到一起吗？

回家之后，宋杰问小满：阿姨以后结婚了，不能再照顾你，怎么办？

小满怔住了，手足无措的样子。半晌，想起了什么似的，说：阿姨男朋友死了，她说她再也不找男朋友了。

宋杰感觉有点好笑。他没料到小满会这么说。

小满想了想又说：今天买衣服时阿姨跟我说了，她要一直照顾我。

上床前，小满指着衣柜里一床被子说：爸，以后让晓雯阿姨和我一起睡吧，就盖这个。

宋杰把柜门关上，对小满说：可阿姨现在有自己的家呀。

小满睡下后，宋杰到书房坐下。手机提示有两条未读短信。第一条是孙可的，说天气预报明天大雪，让他开车小心；第二条是马晓雯的，说别忘了明天给小满穿新衣，小满要参加小朋友的生日聚会。他看着这两条短信,一时不知如何回复。

马晓雯在他和小满的生活中已是不可或缺,衣食住行都有她的影子。马晓雯不发这条短信,他都不知道小满明天参加生日聚会。这种聚会就是放学后,过生日的小朋友家长把小寿星和其他小朋友领到某处,一起吃蛋糕,唱生日歌,然后再由各自家长领回。

犹豫半晌,他给马晓雯回了三个字:知道了。

又看孙可的短信,也写道:知道了。想了想,又加了两个字:谢谢。然后发出去。

第二天一早,宋杰给小满穿上新衣。到幼儿园门前,他说:小满,晚上聚会完我去接你。小满道:我和晓雯阿姨说好了,她来接我。小满扭头向幼儿园内跑去。

宋杰到办公室,孙可已把茶沏好,桌子擦拭过。空气里似乎有种别样的气息。

在长坤,近来日子过得平淡无奇,他再也没发现过任何可疑的地方。他想,该再跟高龙彬谈谈自己归队的事了。他从怀里掏出那部专用手机,手机静静的,一言不发。高龙彬已经好久没联系过他了。他像只断了线的风筝,感到些许孤独。犹豫一阵,他把手机揣回了怀里。

刑警队的日日夜夜浮现眼前。不需要出现场时,兄弟们会聚在那间大办公室里,抽烟,喝茶,聊案情。又或者,一筹莫展的时刻,一个提议或点子让人豁然开朗,大办公室里顿时沸腾起来。多么让人想念。

这一天即将波澜不惊地过去,宋杰正欲下班,王文强手托茶杯走进来,在他对面坐下。

几句不咸不淡的话过后,王文强突然说:你和孙可的事怎么样了?

宋杰笑着摇头,道:王总,谢谢您的关心,这事我暂时不考虑。

王文强一副遗憾的样子:孙可是个好姑娘,我观察过,她对你很上心。

宋杰无奈地冲王文强一笑。他心想,是该找个机会和孙可谈谈了,把事说清楚,别让她误会。

宋杰回到家,孙可正在厨房里忙碌着。

孙可见了他倒吃了一惊:你没去接小满?

宋杰说:小满参加生日聚会去了,晚点回来。

饭菜很快好了,孙可一一端上桌,怕凉了,又用碗碟扣上。

这时,马晓雯和小满说说笑笑进门了。

马晓雯说:这么香,看爸爸都给你做什么好吃的了。她给小满脱外套,孙可端着一盆汤从厨房里走出来。两人相视一怔。

宋杰道:是孙可做的饭,咱们一起吃吧。

孙可笑一笑,走到沙发前拿过自己的外套:饭好了,小满也回来了,我得走了。说着走到门旁穿上鞋子。关门前又回头冲小满道:小满,再见!

宋杰瞥见孙可脸上掩饰不住的失落。

暗　门

孙可把辞职信递到宋杰面前,是几天后的一个早晨。

他走进办公室,发现孙可也在。屋内已打扫过,茶也沏上了。她似乎正等着他到来。

孙可把一页纸放在了他面前。他匆匆看过,是辞职信:你要辞职?

她说:宋总,你是我的直管领导,这封信我应该交给你。

他回想那天孙可落寞的神情,歉然说:孙可,对不起。

她笑了一下:我为什么辞职,辞职信里都写清楚了。你要同意就签字,我好再去找王总签字。

他盯着辞职信:我想和你聊聊。说完,他把辞职信放进了抽屉。

她望着他:那就下班后吧。说完走了。

宋杰读着辞职信。辞职的原因是她想去北京发展,同学已为她联系好了单位。

他点燃一支烟。

孙可辞职出乎他的意料。从到公司机关开始,他就防范着她,因为她之前为于浩然做助理。王文强把她放到他身边,他不能不有所警惕——在保安队时,王文强就在他身边安插了一个李大旺。她对他好,对小满的照顾,一时看不出有什么企图,但他岂可因此就放下戒备。到长坤以来,王文强从没信任过他,不过是利用他的关系来探听刑警队的动静而已。时至今日,他仍没能接近长坤的核心机密,不能不说是王文强刻意防范的结果。

他要和孙可聊聊,了解她辞职是否别有原因。她的理由是去北京工作, 那为什么毕业时不直接去北京而要等到现在?

一下班,宋杰就给孙可发短信说在车库等她。

来至车库时,她已经到了。他上车,她坐进后座。他直接把车开到一家酒吧,这个地方他和杨雪谈恋爱时来过。这是一家清吧,来这里的人多是为了休闲,可以聊天,也可以上网。

他带她找了个卡座坐下,要了两杯饮料和两份快餐。服务员离开后,他笑笑,对她说:没想到第一次请你,也是最后一次请你。

她低下头,半晌才说:我不辞职也不会有这待遇。

他说:辞职是公司待遇不好吗?

她摇头。他知道,在本省的企业中,长坤的待遇是最好的。

你真的在北京找到了更好的工作?他盯着她,从她的表情和动作上看,她在矛盾、纠结着什么。

果然,她抬起头道:你能告诉我,你为什么到长坤来吗?

他左右望了望。这点儿酒吧人不多,只有另外两对,坐在稍远一些的地方。酒吧内放着音乐。他没想到她会问得这么直接。他说:我被公安局开除了,总要找个单位吧。

一个刑警队副队长肯到一家民营公司来当保安?她脸上是不相信的表情。

他说:王总算是我的老熟人,我还在警院上学时,他去选人,挑了我,结果我没来。现在我来了。

她不说话,啜着面前的饮料。突然,抬头紧盯他:你觉得王文强对你够信任吗?

他望着她,希望从她的眼神里打捞出什么,但他不能确定。他说:我不知道。只能这么说,他不想把她推远,也不想拉近。

她摇摇头道:我看王文强对你并不信任,于浩然在时,他经常去王文强办公室,一待就是半天。

他轻描淡写地说:那是商量工作,有什么稀奇。

确实,王文强几乎不主动邀他去办公室,更别说留他在办公室待许久了。

她接着说:从现在开始,我就不是长坤的人了。几天后,我就去北京了。

他听着。

她说:我知道公安局的人一直暗中盯着王文强。

他装作吃惊地望着她:别乱说。你是怎么知道的?

她笑笑:有一次,王总让我下班时把他的车开回家。我从他家小区出来时,发现对面停了一辆车,那车之前一直跟着我。本来我还以为是顺路。我能分辨出公安局的人,他们和一般人不一样。

他没说话,飞速思索着她和自己说这些的动机。

她又说:我高考时警察帮助过我。从那以后,我都把警察当作恩人。每次看到警察,我都比别人更留意。我甚至曾经希望自己找到一个警察男朋友。

她略一停顿,转开话题:吃点吧。

快餐已经上桌了,但此时,他已经没有吃的欲望了,而是对她充满了好奇。

她说:我不管你真实的身份到底是什么,我只想告诉你个秘密。

他不由正襟危坐起来，专注地望着她。

她说：于浩然是怎么死的我不知道，我只听说于浩然吸毒，他死后在他家里发现了毒品。

于浩然的事已经不是秘密了，公司里许多人都在议论。

她说：王文强和于浩然是不是一伙我也不知道，我只知道王文强办公室里间有一面假墙，那里有扇门，门里有部电梯。

他去王文强办公室时，也特别留意过里间。当时里间的门半开半合，能看到床的一角。王文强加班或者应酬过后，会在办公室过夜，这事大家都知道。至于里间有一面假墙，肯定是个大秘密。他想起王文强与人谈事尽量避免在自己的办公室，似乎有意回避什么。这和孙可所说就完全对上了。他一激灵，心狂跳起来。难道谜底就在眼前了？

他故作轻描淡写：也许那不是个秘密，是秘密怎么能让人轻易发现。

她说：我是无意中发现的。一年前，我帮小何打扫王文强办公室——王文强那些日子去外面开会，不在公司，小何把床头柜上的闹钟不小心碰到床下了，她去够，够不到，我帮她去挪床，无意中碰开了那扇门，里面藏了部电梯。

他压抑住狂喜：这说明不了什么。也许是王总的私人金库，那可不违法。

她说：我当时也没觉得有什么，一直到于浩然在家里被杀，我才想到那扇门，越想越觉得诡异。我知道公安局的人一直盯着王文强，这说明王文强一定有事，他有事，长坤一定有事。

他说：你辞职就为这个，怕长坤出事连累你？

她叹口气，忧伤地说：于浩然一死，我就知道事情没那么简单，我就想辞职。可就在那时，王文强找我谈话，让我做你的助理，我才留了下来。我以为你是卧底。

他心里一惊，脸上不动声色道：孙可，我可是被刑警队开除的人。

她靠向椅背，明显放松下来：我只是怀疑，我从来也没进过那部电梯，可我不想卷进去，所以我要走了。你是卧底也不能告诉我，对吧？但我想，你肯定知道该怎么办。

从酒吧出来，他要送她回家，她不肯，拦了一辆出租车。临上车，她回过头冲他一笑：再见了，你明天上班再找个助理吧。

她坐上车，隔着车窗望着他。他挥了下手，发现手臂有点沉重。

行 动

宋杰回到家，马晓雯已经安顿小满上床，正倚在床头给小满讲故事。他立在门口看着，恍惚觉得是妻子杨雪在哄小满睡觉。小满闭着眼睛，露出满足又恬静的微笑。马晓雯发现他，向他做了个手势，慢慢离开小满床头，走出房间并轻轻带上了门。

宋杰压低声音道：辛苦了。

马晓雯没有说话，走到门口，穿上外套。

宋杰说：我送你。说着取过了外套。

马晓雯从他手上夺下外套，挂回衣架上：你也早点睡吧。态度坚决，不容置疑。

他只得替马晓雯开门，目送她上电梯，直到电梯门合上，才把门轻轻关好。

一夜无眠。王文强的秘密宋杰已火速汇报给高龙彬，高龙彬已向市局请求搜查令。可以肯定，长坤制毒案已近结案，他该归队了。他似乎又嗅到了刑警队专属的味道。兄弟们聚在那间大办公室里，争论案情，商量对策，身体疲惫，精神却兴奋异常。他怀恋那样充实、美好的时光。他不时拿过床头手机看一眼，担心错过消息。但手机令人气恼地静悄悄的。

第二天一早，像往常一样，宋杰把小满送到幼儿园后，直奔长坤。想象中，长坤内外站满了警察，高龙彬正指挥人搜查。

结果什么也没有,一如往常。

推开办公室门,办公室和他昨天离开时一样,卫生没有打扫,茶杯也是空的。他坐在办公桌后怔了一会儿,拨通了小何的电话,小何是王文强的助理。小何很快就出现在他的面前,他把孙可的辞职报告交给小何:孙可辞职了,把这份报告交给王总吧。

小何怔了一下,接过那份报告看了眼,道:王总今天没来。等他来了,我交给他。

小何走了,他走到饮水机前接了水,端着杯子站到窗前,看楼下上班的人陆续走进楼里。回到座位上,他掏出手机。手机仍旧静悄悄的,没有一丝动静。

中午去食堂吃饭,宋杰碰见小何,小何冲他摇摇头:王总没来,我打他手机,一直关机。宋杰预感不妙,反身走出食堂,拨打王文强的手机,果然手机里传来"您拨打的用户已关机"。

他赶紧打给高龙彬,还没讲话,就听见高龙彬气冲冲的声音:我请示市局,市局请示分管刘副市长,刘副市长一直没回话,不知什么原因。

宋杰说:王文强没来,手机关机。

高龙彬马上道:我直接请示省厅。说完手机挂断。

一下午坐立不安。宋杰不停起身到窗前张望。院内外一片平静。他不停地看手机,无数次拨打王文强,依然是"已关机"。

这期间，小何领来另外一个女孩：这是小欣，孙可辞职了，让她先代理一下您的助理吧，等王总回来，看他有什么安排。

他挥了下手：算了，等王总回来再说。

小何带着小欣离开了。

到下班也没有动静。宋杰确定王文强得到风声，跑了。王文强从没有过这种情况，有事来不了公司，都会和小何打声招呼。

窗外，人们陆续走出办公楼，宋杰叹口气，拿过外套。此时胸前振动一下，他忙掏出专线手机。高龙彬只说了三个字：五分钟。

宋杰马上把外套穿好，系上扣子，就像每次执行任务出发前一样。

宋杰站在窗前，向院外的马路上张望着。这期间，他看见小何和小欣说笑着走出去。

时间一分一秒过去。

五分钟，马路上警笛大作，警灯闪烁，一队警车停在长坤院门口。干警跳下车，向办公楼奔过来。

宋杰冲出办公室，在电梯间与高龙彬、秦南坡，还有兄弟们会合。他抬手指一下王文强办公室，第一个疾步过去，踹开对开的两扇门。

王文强办公室里间，床被移开了，墙角有个踏板，一脚踩上去,墙上开了一扇门,露出电梯。果然是假墙。

坐电梯下去,电梯门开,外面一片漆黑。宋杰揿开手机电筒,在墙上找到开关按下去,整个地下室灯火通明。

一个设备齐全的制毒车间。制毒原料堆在墙角,机器旁是一堆半成品。

仔细搜查,发现地下室又有一道暗门,从这道暗门出去,是条长长的通道,尽头是另一道门。推开门,宋杰暗暗心惊。这是综合商场地下二层商铺,长坤自营点。这里自己来过无数次,竟没发现半点端倪。这就是毒品输出通道。

案情迅速上报省厅。

就在这时,爆出一个惊天新闻:刘副市长从办公室跳楼,自杀身亡。

稍后得到消息, 王文强连夜逃上了飞往加拿大的航班。给他递消息的人正是刘副市长。

不日,××省××市破获制毒集团的重大新闻轰动了全国。

省厅就该案破获做出表彰:宋杰荣立个人二等功,静海分局荣立集体三等功。

宋杰出现在分局门前时,秦南坡和刑警队员在门口列队迎接。

秦南坡喊道:欢迎英雄归队! 敬礼!

宋杰立定站好,向战友,也向战友身后静海分局大门上方悬挂的警徽敬了一个凝重的礼。他的眼睛湿润了。一年两个月后,他归队了。

高龙彬把秦南坡和宋杰叫到自己办公室，告诉他们:公安部发出红色通缉令,请加拿大警方协助,全球追捕王文强。

两个月后,王文强在加拿大被警方缉拿归案,数日后引渡回国。

然而王文强归案后,审讯结果和证据表明,杀害于浩然的人并非王文强。于浩然之死依然是一个谜。

侦破于浩然案的任务落到了宋杰身上。

悬　案

宋杰回刑警队没几天，下班时接到了马教授的电话:先别回家,来我这儿吧,小满也在。

宋杰走进马教授家门,发现一桌子菜已经摆好。吴言系着围裙从厨房里走出来,笑着冲他道:宋杰,你马老师要庆祝你重归刑警队,害得我忙活了一下午。

宋杰忙道:阿姨,辛苦了。

马教授从里屋出来,手里拿了瓶酒。桌上两只空杯已摆好,他往里倒满酒。

宋杰忙说:局里有规定,不能喝酒。

马教授说:今天是特殊日子,庆祝你重回刑警队。有什么事让高龙彬找我。

马晓雯拉着小满的手来到桌前。几个人围桌坐下。

马教授端起杯子道:宋杰,祝贺你,长坤的案子你立大功了。

宋杰忙端起杯子。两人一饮而尽。

吴言搛了菜放到他碗里:宋杰,吃菜。

马教授说:以后你下班就来家里吃吧,省得自己开伙了。

宋杰笑笑,没说话。

饭后,马教授把宋杰叫到了书房。两人刚坐下,吴言端了杯茶放到宋杰面前,宋杰忙欠身道:阿姨,您别忙了。

马教授说:我和你阿姨商量过了,找个时间,和晓雯把婚结了吧。

他吃惊地望着马教授,又把目光投向吴言脸上。

吴言说:晓雯也同意。结了婚,你也少了后顾之忧。

他低下头。

吴言又说:以后这里就是你和小满的家了。

宋杰清楚,马教授一家为自己和小满操了很多心,尤其是马晓雯,如今每天下班第一件事就是替他去幼儿园接小满。不仅如此,他下班到家,马晓雯已做好了饭菜,和小满边看电视边等他回来。宋杰无法想象没有马教授一家帮忙，自己的日子会过成什么样。况且，他心里确实已把马晓雯当成了自己最亲密的人，虽然没有花前月下的甜蜜，相濡以沫的温暖时时萦绕。可听到马教授夫妇这样说，那种被动的感觉又回来了。他们是在“交往”，但这样就应该结婚吗？

此时吴言又说：抓紧把日子定下来吧。

宋杰沉吟一下，说：高局长刚交给我一项任务，这个任务结了，再结不迟。

吴言还想说什么，马教授阻拦道：听宋杰的。

于浩然案子的所有资料宋杰不知看过多少遍了，有用的信息仍只有一条：于浩然死于心脏被刺中，伤口呈三角形，宽度六厘米。凶器为一把自制刀具，很可能是常见的三角铁锉。

早年间，这种工具每家必备。宋杰想起自己上初中时，家里就有一把，父亲经常用它修理家具。铁锉原本并不足以杀人，但若三面磨出血槽，一棱磨成锋刃，就是标准的凶器了，且刺进人体能很快地拔出来。

宋杰再次调取案发时及前后小区内和周边地段的监控录像，院内、电梯轿厢内和电梯间等等，一帧帧地看，最终也没能发现嫌疑人的踪迹。他接手前，秦南坡已带人对这个案子侦查了许久，没有取得任何进展。那时的工作重点还是整个长坤。王文强未归案时，他是最大的嫌疑人，他有杀人动机。王文强归案,于浩然案反而陷入僵局。

秦南坡到办公室来看他,边递烟给他边说:于浩然的死是个谜。省厅的专家都请来了,也没找出线索。你跟高局长申请下,把这个案子挂起来吧,反正长坤制毒案已经结了,这案子破不破影响不了大局。

宋杰也曾这么想过,各级专家都束手无策的案件,自己要求挂起来,高龙彬会同意的。但这个案子不破,他心有不甘。在刑警队十余年了,各种案子他破过无数,被于浩然的案子难住了,他不服。

秦南坡说:不要追求完美,世界上没有完美的事。

宋杰说:这是熟人作案,于浩然在完全没有防备的情况下被刺中了心脏。

秦南坡分析道:那阵子,于浩然和聂远达来往最多,不过聂远达已排除,除了他,于浩然还认识那么多人,排查也得有个目标,不然得查到什么时候才是头啊。

宋杰想到了长坤制毒案,孙可一句话,让案情峰回路转。于浩然案若无峰回路转,确实查不下去了。

秦南坡说:你不想和高局长说,我去说。

他没有应秦南坡的话。

几天后,高龙彬告诉宋杰于浩然案暂停调查。他没有再争取。

高龙彬道:那么多专家都破不了的案件,让你一个人去破,难为你了。

于浩然案就这样作为悬案挂了起来。

日　子

刑警队副队长宋杰的生活恢复到妻子去世前的状态。二十四小时待命,经常半夜出警,无大案要案的日子,回家也是华灯初上了。

宋杰晚归时,看见的总是这么一幅画面:马晓雯在熟睡的小满旁边和衣而卧,或者倚在床头睡着。惊觉他回来,马晓雯下床,看眼手机,低低叫一声:这么晚了!然后匆匆离开。宋杰满含歉意地送她出门。

不晚归的情况下,马晓雯离开,只要可能,他都要送送她。两人并肩走出小区,走到马路边的人行道上,话不多,常常是关于小满的。

马晓雯微微笑着:我现在快成演员了,不过感觉还不错。

马晓雯声音湿润甜软:给小满一个念想吧。

宋杰明白,心中有念想,小满的成长才会是圆满的。而妻子杨雪,她的仇报了,或许能安息了吧。

宋杰也感到,经历了于浩然事件,马晓雯确实成熟了。

倘若半夜接到任务，宋杰只得再给马晓雯打电话。马晓雯迷迷糊糊接起，宋杰歉疚地说：晓雯，还是麻烦你过来一趟，我要出去。

高龙彬曾不止一次劝他：晓雯那姑娘不错，抓紧把婚结了吧。

马晓雯帮了宋杰大忙。宋杰最初是感到抱歉，后来，他觉得已经再无法用“抱歉”二字表达了。相处这么久，他知道马晓雯是个好姑娘，知道他离不开她，小满更离不开她。他出任务，无论何时，一个电话就解决了。而且将小满交托给马晓雯，他心里是踏实的。他有血有肉，点点滴滴，马晓雯让他感动不已。唯独一点，他总觉得缺了点什么。从马晓雯的眼神里，他能感受到她对他的关心和体贴，但他们彼此都没有说过一个“爱”字。或许也能说是恋爱吧，但这恋爱模式和别人太不一样了。马晓雯是因为小满才走近他，他是因为小满才接受她。

他想起和妻子杨雪的过往。恋爱时两人都住单身宿舍。那会儿，他刚到刑警队不久，为积累办案经验，就长在队里，与杨雪聚少离多，有空了就约出来见见面吃顿饭，有时一顿饭没吃两口，他手机又响了，案情如火，他就得十万火急地奔赴现场。他没有从杨雪那里听到过一句怨言。他们结婚了，高龙彬给他三天婚假，可第二天晚上，还是把他叫到了现场。他当然对妻子深感歉疚，但到底比较坦然，没有拉人下水的感觉。

当马教授劝他早日和马晓雯结婚时,他拖延的理由是于浩然案子未了，心里想的却是再给马晓雯一次选择的机会。随着他和马晓雯接触得越来越多，在一起时间越来越长,他越发害怕伤害她。如果马晓雯爱上了别人,他绝不想拖累她。一个刑警的妻子得做出多么大的牺牲啊。他也恨自己,因为他和小满都不得不依赖她。他纠结着,煎熬着。

无力改变的生活状态,让他越来越离不开马晓雯。

今年春天来得早,三月底,满大街就飘起了柳絮。马晓雯病了,发高烧,好几天没去上班了。这几天,都是吴言下班时把小满带回马教授家。宋杰这几天没着家,回到家,发现家中一片冷清,给马晓雯打电话,才知道她病了。他赶过去,见马晓雯躺在床上,小满趴在床头,正用小手摸着马晓雯的脸颊。

小满见他进来,跑到他身边说:爸,晓雯阿姨病了,脸上很烫。

他摸了下马晓雯的额头,问:去看过医生了吗?

马晓雯点头。

他说:想吃点什么?

她说:山楂糕。

他转身出门,回来时手里提了一袋子山楂糕。

那天晚上,他对马教授和吴言说:老师,阿姨,我想和晓雯结婚。

马教授闻听，如释重负地舒了口长气，眼中竟然似有泪光闪过。

吴言说："五一"节吧。你工作忙不要管，东西我准备。

他点头。走时从兜里摸出银行卡交给马晓雯。

转眼"五一"节就到了。

婚礼如期举行。高龙彬带着整个刑警队来到了婚礼现场。

没有仪式，只和来的亲朋握手、问候。

高龙彬让人把两只花篮摆好，和马教授打了招呼，又拍拍宋杰的肩膀：我们走了，节假日二十四小时值班。然后带着人马走了。

马教授对宋杰说：拍张照片吧。

马教授、吴言居中，宋杰和马晓雯分立两侧，拍了照。

马教授随即把马晓雯的手拉过来，放到宋杰手里，又把他们的手握紧，盯着宋杰道：今天我把晓雯交给你了，你要照顾好她。

马教授哽咽了。

宋杰叫了声：爸。

马教授凝视着他的眼睛：你是警察，知道怎么保护好晓雯。

他重重地点了点头。

马教授舒口气，道：从今天开始，我的心事了了。

“五一”节后，生活复归常态。宋杰早出晚归，无论他走多远，回来多晚，家里永远为他亮着一盏灯。

自　首

中午，宋杰从现场回到队里，看见马教授提着旅行箱站在院内。他忙迎上去：爸，您这是出差吗？在宋杰的印象里，马教授很少来他们刑警队。

马教授说：我找高龙彬。他要去接马教授手里的旅行箱，被马教授制止了。

他把马教授带到了高龙彬办公室，高龙彬正在看报告，见到马教授忙起身迎上去：老师，您怎么来了。

宋杰倒了杯水：爸，您喝点水。说完，想退出去。

马教授道：你留下。

宋杰转过身子，立在那儿看着马教授。马教授一脸凝重。

他说：爸，坐下说。高龙彬也说：老师，您坐。

马教授坐下，高龙彬坐下。他站着望着马教授。

马教授冲高龙彬道：我今天是来自首的。

高龙彬和宋杰吃惊地望着马教授。

马教授说：于浩然是我杀死的。

宋杰惊呼一声：爸——

高龙彬瞪大眼睛。

马教授继续道：晓雯是我唯一的女儿。我不能眼睁睁看着晓雯嫁给一个瘾君子。他说到这儿，闭上眼睛，复又睁开：晓雯是我的精神支柱。当初我同意她和于浩然恋爱就是个错误，我不想错上加错了。晓雯早告诉过我于浩然吸毒，我劝她离开于浩然，可她离不开。如果我不杀死于浩然，晓雯就要和他结婚，我不能眼睁睁看着晓雯往火坑里跳。恋爱时我没能阻止她，是我也看错了，这个果也算我种下的，由我来结束它。

马教授叙述他杀死于浩然的经过。

他打了辆出租车来到于浩然居住的小区，从监控坏掉的那个车库门进入地下室，转到单元内，爬楼梯敲开于浩然家门。于浩然把他让到沙发前时，他一刀刺过去，正中于浩然心脏。进门前他套上了鞋套，所以没有在现场留下任何痕迹。确认于浩然倒在血泊中不动，他原路返回。走出小区大门，恰见一辆空驶出租车，坐车离开。

他叙述完毕，仿佛翻越了一座山，气喘着：我不知道那么多事和于浩然都有牵连。他害死了那么多人，死有余辜。但我决定自首。我早就想自首，身为警察学院的教师，知法犯法，法不容情。但我不放心晓雯,才拖到今天。给你们添麻烦了。

说完,马教授弯腰打开旅行箱,从里面提出一只塑料袋。里面装着一把刀具,就是市场上常见的三角铁锉,经过改制,三面磨出血槽,一棱磨出锋刃。

宋杰叫了声:爸……千言万语,只说出一个字。

马教授把目光停留在他的脸上:宋杰,晓雯嫁给你我就放心了。你一定要和晓雯再生个孩子。你是警察,是男人,一定要保护好你的亲人。

说到这儿,马教授泪涌。他用手擦去,对高龙彬说:龙彬,我把自己交给你了,叫人把我带走吧。向前伸出双手,闭上了眼睛,两颗泪自眼角滑落。

宋杰又叫一声:爸……跪在了马教授面前。

高龙彬放下电话,未几,办公室外响起了急促的脚步声。

宋杰开车到马教授家小区门口,看见马晓雯牵着小满的手正等着他。他停下车,打开车门,一步步走过去,看清马晓雯的脸上有两行泪水。

一年以后,他和马晓雯的孩子出生了。

洗尽铅华说小说(代后记)

我之所以喜欢小说创作是因为它的自由,它会让人在有限的生命经历中感受到多种人生,历史的、现在的以及未来的。创作一部作品的过程也是对自己灵魂拷问的过程,一路写下人生就多了很多感受,生命就有了质感。这就是文学所给予我们的。

作家必须尊重生活,这是作家对待生活的态度和对待生活的理解,这些要素足以构成小说的基本点,而至于其表现出来的层面或深或浅,就要看作家的道行了。它涉及一个作家的修养问题。大家都在写小说,有的写得高级一点,有的写得低级一点,有的作家刚开始写作什么样子,到最后结束时还是什么样子,甚至于一步一步倒退。其实,一个真正成功的作家,他的创作一般分成这样几步:第一步是为了发表作品。如何发表作品,这是大多数人于作家门槛之外所感到的一种最深层次的困惑。当我们把这扇大门悄悄地推开一道门缝,偶有作品能够发表时,继而又会想到如何才能把作品再提高一个层次。当作品达到一定层次之后，许多人就会想到，如何才能让作品进入一流作家的行列。在这一过程中，有很多很多的人即便倾尽了一生之力，也没能。有人会说，你是人，我也是人，你是作家，我也是作家，你有生活，我也有生活，你在写，我也在写，甚至我所付出的辛苦比你还要多，而我为什么就没有取得成就？原因就在于一个作家的修养。作家的修养是什么？生活。

有人又会说，很多人甚至活了一百多岁也没成为作家。是的，生活只是成为作家的一部分要素，除此之外还需要有作家的悟性。没有悟性，你有再多的生活也完不成创作。悟性从哪里来？每个人都在读书，但读书对每个人来讲所得到的结果和效益又是不一样的。这就是我们所说的作家的悟性问题。太聪明的人不能写作，因为他觉得还有写作之外的更大的利益吸引着他；但是太傻的人、智商不够的人肯定也当不了作家，作家写作是需要智慧的。所以，只有那些既不傻又不特别聪明的肯于付出的人才适合当作家。

作家要历尽人间沧桑，洗尽铅华，才能够写出流传于世的好作品。洗尽铅华，就是洗尽杂念，只有这样才能修成正果。一个作家，又想当官，又想当作家，还想发财，你凭什么？鲁迅说过，我把别人喝咖啡、聊天的时间都用来写作了。从某种意义上讲，时间对于每个人都是均等的。看到人家去吃饭唱歌，你也要去吃饭唱歌；看到别人去旅游，你也要跟着去旅游，长此以往，如何能够静下心来洗尽铅华？洗尽铅华是真正把自己的心放下，让自己的心静下来。当把文学当成自己唯一出路的时候，可能你离成功就不远了。

纸媒与网络最大的不同是阅读感觉不同，阅读纸媒是一个润物细无声的过程：阳光下，流水边，一杯茶，一支香烟，你可以慢慢地品、细细地读。网络是什么？匆匆的浏览，让人浮躁，生出许多焦灼来。这就是我们阅读网络和传统书籍的不同。十几年前，很多媒体曾经采访过我对于网络作家的看法，我就回答过这样的问题。我说网络作家可以有存在的理由，但网络不可能取代纸媒体。近十几年，图书出版量是稳步上升的。从最早古人用竹简传递文字开始，千百年来流传下来的阅读习惯，不可能一夜之间被网络所取代，甚至以后网络还会再发展、发达，纸质书和纸媒也同样会延续自己的书香品质。

艺术和生活是有距离的，作家只有和生活拉开距离才会发现生活的可爱之处，才能产生审美，也只有这样，作家才会有创作的冲动。我们经常听到周围很多朋友抱怨生活，抱怨所有的事物。其实，作家跟一般人是不一样的，作家要站在一个高点去审美，然后站在一个低点去写作。以前经常有作家，像一个道德法官一样，站在全视角、高视角来批判和审视生活和人物，这样的作品很难被接受，因为你的作品，只代表你自己或者有同样感受的一小部分人。作品是写给更多读者看的，所以作家的视角既不应是仰视也不应是俯视，而是平视。平视过程中要有跳开，跳开就有了审美。学会审美的人才能找到幸福的源泉，学会审美的作家才能找到作品的好角度。不要一味地抱怨生活，不要一味地当生活的评判官，要融入其中，感受其中，然后又能离开其中。作家在读书或写作时，是一个梳理自己人生经验的过程。为什么我们读好多作品都读不下去，觉得没有意义、枯燥乏味，但是有的作品却能读得热血沸腾，甚至让我们觉得曾经经历过这样的生活？这就是因为一个陌生的作家给读者带来了共同的气场，他对于生活的理解让读者产生了共鸣。

自从有了文学创作之后，为什么几千年过去了，诗人和作家还在前赴后继地写作呢？该写的题材、故事、人物写尽了，为什么我们还有人在写、在读？恰恰就是因为作家对生活的感受不同。张三跟李四差一点点，我跟你差一点点，我把这一点点写出来，这就是我跟你们不同的地方。那这个不同的地方就是我的小说独立存在的价值，就是文学当中说的“这一个”。我的作品拿出来，就是我的价值所在。为什么经历相同却能写出不同的人生，这个道理是一样的。

小说的形式是为内容服务的，仅有形式是远远不够的，最终能打动人并能让人记住的是小说的内容和细节。我们阅读了很多作品，虽然好多故事淡忘了，但有些人物、细节还记得，我觉得这就已经很成功了。你若干年之后还忘不掉这个细节,也就忘不了这个人物,因为这个细节是长在人物身上的。好多人不知道怎么刻画人物,只想写出这个人怎么高大,怎么刚强,这就是提纲了,在写高大伟岸的人物时,要找到细节放在他身上,他需要和细节融在一起。人物要在故事中解决问题,体现出他的智慧和性格。但如果简单地只为写故事而写小说,小说中的人物便只是故事当中的符号。有时在写某种题材的时候,我也会感到力不从心,因为故事先行了,人物就是故事里的摆设,这就是为了写故事而写故事了。如果我们写故事的时候,从人物的角度开始考量,让人物带着故事来走的话,小说就是鲜活的。

好多人问过我,电视剧本好写还是小说好写,电视剧本和小说有什么相同与不同的地方?相同的地方是电视剧本和小说都讲故事,塑造人物;不同的地方太多了,其实它们是两个行当。小说是电视剧所不能替代的,小说与电视剧的区别是小说以内省的方式深层次地思考,但是电视剧不能往心灵走,而是向外部走,向外部的故事扩张。好多人说,我觉得能写小说就能写电视剧本,能写电视剧本就能写小说。错,我经历和感受过了才知道,原来我写了那么多小说,尝试去做电视剧的时候,也是在写了三四部电视剧之后,才觉得算是掌握了电视剧本的写法,这还是经过那么多对故事、语言的专业强化训练之后的结果。如果没有这个训练,懵懂地从头开始摸索,那就更困难了。

为什么现在很多电视剧不太好看，细节不好，让人不舒服，因为编剧写的不是生活经验，而仅仅是戏剧张力和冲突，有了戏剧结构以后，就开始编。很多影视编剧能完成电视剧和电影的结构，但是他并不能真正写好电视剧。真正写好电视剧的编剧跟作家的成长经历是一样的，要有对生活的感受和感悟，有对生活沉淀之后的开掘，这样写出来的作品和塑造出来的人物才能打动人，才能走进观众的内心。

有些作家希望作品能被改编，但进入影视圈也需要天时地利人和。我不是说进入这个圈有多难，不是，但也需要作家的创作路数、创作风格和样式与影视改编相契合，如果我当年没有那个机会，到现在我也是影视圈的门外汉。现在好多人把写小说当成影视化写作，就是为影视写作，结果到最后两不像，导致这些作家都没有心气写作了。

张艺谋拍完《红高粱》说，文学驮着影视在走。许多导演也认为，真正成功的影视作品大部分都没有离开文学，文学是各种文艺样式的母体，即便是音乐、舞蹈，其实最终都离不开文学。现在的文坛与影视联系这么密切，如果文坛也被娱乐化甚至低俗化，那我们的影视也没有希望了。

人需要看书，如果不看书一两年之内没有问题，三五年之后你就会觉得自己的大脑是空的，尤其对作家来讲，别人的创作思路会激发你的创作灵感。这不是抄袭，而是你看到了别人的角度。回到创作的方法和方式上，就是通过借鉴，让别人的作品能勾出自己的创作灵感。比如我欣赏的作家是海明威和杰克·伦敦，这两位作家在十九世纪并不是最伟大的作家，为什么他们能给我带来醍醐灌顶式的冲击力？我也不认识他们，就因为看了他们的书，我了解他们了，认识他们了。尤其是我的早期创作，海明威的作品对我的影响非常大。在我刚刚文学起步的时候，读了海明威的作品，使我的创作上了一个台阶，他作品中的灵魂、气质，他所描述的硬汉男人的形象，硬汉男人的审美，让我突然间觉得在心里隐藏了多年的对人性的愿望、对英雄的理解，一下子就迸发出来了。其实海明威的很多作品描写的都是普通人物，在我眼里却都是英雄。

作家和普通人没有什么区别，唯一的区别就是这份职业让作家承载着多种情感和人性的拷问，所以说作家是幸福的也是不幸的，只要能让更多的人感到幸福、慰藉和受到启发，作家的幸与不幸也就是小事一桩了。从开始爱上文学之后，这么多年来，我从没有过过星期天，也没有过过大年初一，这些日子在我眼里和平常的日子是没什么两样的。别的事情在我眼里都没有什么意义，唯有写作，唯有回到书桌前我觉得才有意义。当一个作家成功的时候，你觉得他是光鲜亮丽的，他是伟大的，但有谁知道他在人后吃了多少苦，过的是怎样苦行僧式的生活？之前说作家是文学的工程师，现在作家被人尊重的标准是你又出了多少本书，作品是不是畅销。作品好到什么程度，坏到什么程度，没有评判的标准，只有广大读者才是真正评判的尺子。

写了这么多年，我也在困惑这样一个问题，怎么写和写什么？作家不能用一种方式去写所有作品，那样的话，所有作品读起来会让人感觉其实就是一部作品。尤其是当你出版一部小说集，把所有作品凑在一起的时候，作品非常相似和雷同，你自己看了都不好意思。对于初学写作者，有两个作家可以解决这个问题：欧·亨利教会我们怎么写，契诃夫告诉我们怎么写好。欧·亨利的作品非常棒，尤其结尾反转很好。但是契诃夫小说的内容和思想又非常深刻和具有现实讽刺意义。写小说不能像白开水一样写感情生活、家长里短，如果作家的作品都写成这样，作品的未来在哪里，希望在哪里？它应该带有思考，带有拷问，带有启示意义，这也是一种推动社会进步的方式和方法。优秀的文学作品相当于打开社会的一把钥匙，应该提出更多的人生拷问。

文学是为了有梦想的人准备的，它一旦在你的心里扎根，就会像一棵倔强的树苗在你的心里生长，直到参天入云、浓荫蔽日。文学不死，永远年轻，一直陪伴我们到永远。